はた
く魔王さま!

SP

和ケ原聡司
イラスト■029
Satoshi Wagahara
Illustration■Oniku

序章

リビングのテレビが流行《はや》りの雑学クイズを流している、ある日の夜。

佐々木《ささき》家のリビングには家族三人が勢揃《せいぞろ》いしていた。

揃っていると言ってもやっていることは全員バラバラである。

佐々木千穂《ささきちほ》は携帯電話を片手にテレビをなんとなく眺《なが》め、警察官である父、千一《せんいち》はソファで横になって眠ってしまっている。

母の里穂《りほ》は新聞を眺めながら、

「吉田東洋《よしだとうよう》」

「かがり縫い」

「パキケファロサウルス」

と、千穂《ちほ》が見ているクイズ番組の解答をさっと答えてみせて、千穂《ちほ》は時々母に驚き振り返ったりしていた。

夕食も既に済んでおり、あとは各々《おのおの》明日に備えて眠るだけ、といった風情《ふぜい》の、日本中どこにでもあるような家庭の一幕。

そんな佐々木《ささき》家のリビングに一本の電話が入ったのは、件《くだん》のクイズ番組が終わった直後のことだった。

電話に反応したのは里穂《りほ》。さっと立ち上がって受話器を上げる。

千穂《ちほ》は視界の端で、電話の音に反応して父が寝返りを打ったのを捉《とら》えていた。

「もしもし……あらお義兄《にい》さん！　どうも、お久しぶりです」

最初の瞬間《しゅんかん》だけよそ行きの声だった母の声がぱっと明るくなり、千穂《ちほ》もなんとなく電話を取る母の横顔を見た。

母が『お義兄《にい》さん』と呼ぶということは……。

「はいはい、千一《せんいち》さん今お酒飲んでソファで寝てます。起こしますね」

里穂《りほ》は非情にもそう言うと、千穂《ちほ》に顎《あご》をしゃくる。父を起こせ、との指示だ。

「お父さん、お父さん電話」

千穂《ちほ》も素直に従って父の肩を叩《たた》く。

「う……んむ……んん？」

「お父さん！　伯父《おじ》さんから電話！　ほら、さっさと起きる！」

「んん……兄貴が？　うー、よっこいしょ……」

千一《せんいち》はだるそうにソファから身を起こすと、一度大きな伸びをして受話器を受け取る。

「もしもし？」

まだ少し眠そうな声で、千一《せんいち》は電話を代わった。

「長野の伯父《おじ》さん、こんな時間に珍しいね」

父に電話を渡した母に、千穂《ちほ》は言う。

佐々木万治《ささきまんじ》は父千一《せんいち》の兄であり、千穂《ちほ》にとっては父方の伯父に当たる。

千穂《ちほ》の父の実家は長野にあり、万治《まんじ》はその実家の農家を継いでいる。

農家の仕事はとにかく朝が早く、夜の九時ともなれば皆床に就いてしまうため、この時間に佐々木《ささき》の実家から電話があること自体、大変に珍しいことだった。

「ああ……まぁぼちぼちよ。俺の稼業じゃ忙しいことの方がありがたくねぇんだけども」

父の言葉に、東京ではまず聞かないイントネーションが混じる。

実家の人間と話すとき、父は生まれ育った地域の言葉が戻るのだ。

「ん、ああ……何⁉　お袋が⁉」

と、突然、父の声色が険しくなる。

千穂《ちほ》も里穂《りほ》も何事かと顔を上げた。

父にとっての『お袋』ということは、千穂《ちほ》にとっては祖母に当たる人物である。

父のただならぬ様子に、佐々木《ささき》家に緊張が走る。

「ああ、ああ……。あ？　……ああ。そうか」

だが、すぐに父の声に安堵《あんど》の色が混じり、それに伴って千穂《ちほ》の緊張も少し緩和される。

そのまましばし電話が続き、

「ほいだけぇど俺もそう簡単に帰るこたできんもんで……いや、そりゃ手伝いたいのはやまやまだけぇどもな。すぐっちゅうわけには……ああ、うん、まぁ、あまり期待しなんでくれ。ああ、お袋に無茶はせんで大事にするよう伝えてくれよ？　はい、はい、それじゃ」

父は若干《じゃっかん》疲れた様子で電話を切った。

「何よ、お義母《かあ》さん、どうしたの？」

父に息もつかせぬまま、母が詰め寄る。

「うん、まぁ大したことじゃないんだけども」

父は首を横に振りながらソファにどっかりと腰を下ろした。

「お袋が畑で、イノシシか何かに怪我《けが》させられたって言うんだ」

「「えっ⁉」」

これには千穂《ちほ》も里穂《りほ》も驚く。

「お、お婆《ばあ》ちゃん大丈夫なの⁉」

千穂《ちほ》は身を乗り出すが、父はそれを制する。

「大事をとって医者には行って、命に関《かか》わるとかそういうことじゃないって言うんだ。ほいだけどまぁ年寄りっちゅうことで検査入院することになったってことらしいんだけど」

電話の余韻《よいん》でまだ少し方言が残る父の言葉に、千穂《ちほ》は安心するべきかどうか悩む。

「けど兄貴の話のメインはどっちかっていうとその後の方で」

父は心底困ったように額《ひたい》に手を当てた。

「俺に収穫を手伝ってくれないかと。従業員に逃げられたんだとさ」

「はぁ？」

母娘は揃《そろ》って首を傾《かし》げる。

「知ってるだろ、兄貴の代になってから農業法人立てて農業実習生を雇ってることは」

それを聞いて、千穂《ちほ》はうっすらと思い出す。

幼い頃に父の田舎《いなか》に遊びに行ったとき、伯父《おじ》の万治《まんじ》が、

『やい千穂《ちほ》、俺は社長になったんだに』

と、言っていたことを。

高校生になった今も『法人』というもののシステムはよく分かっていないが、とにかく万治《まんじ》は佐々木《ささき》家の農業を会社組織にして、そこそこ利益を上げているらしいことは知っていた。

「逃げたって、つまり雇っている人が逃げたってこと？　随分《ずいぶん》無責任な話じゃない？」

「いや、どうも話を聞くと面倒なんだが……」

父は、俺もよく分かっていないんだが、と前置きしてから佐々木《ささき》の実家の状況を話しはじめる。

佐々木《ささき》の実家は、国と県の若者の就農支援プログラムが紹介する実習生の引き受け手になっ

ているというのだ。

農業を志《こころざ》す若者を集めて経験を積ませ、国内就農人口の底上げを図る政策の一環らしい。

今年はたまたま地域で何軒かある引き受け手の中で佐々木《ささき》家が当番となって、県が斡旋《あっせん》した実習生の若者を雇い入れることとなった。

斡旋《あっせん》される実習生は大抵が未経験者であまり難しい作業はさせられないが、補助金はおりるし自分で人手を募集する手間は省けるし、受け入れ先の農家にとってもメリットは大きい。

だから佐々木《ささき》家も、収穫期には臨時アルバイトを募集するところ、今夏の収穫に限っては就農支援プログラムに斡旋《あっせん》された実習生を使って、繁忙期を乗り切る計画を立てていた。

ところが、である。

「ハズれもいいとこだったんだと」

就農支援プログラムに斡旋《あっせん》された若者だから、当然本人達もある程度は農業を志《こころざ》してやってきているはずだった。

事実、以前に佐々木《ささき》家が当番で引き受けた若者達は、未熟ながらになかなか活動的で、後から一人、他県で農家を始めた、と知らせが来たほどだった。

ところが今回やってきた連中は、揃《そろ》いも揃《そろ》って『農業の楽なところしか見えてなかった』者ばかりだった。

まず、基本的に農業には『休みの日』が無い。作業量の濃淡はあるものの、年中無休が基本である。

法人形式の佐々木《ささき》家はそれでも従業員に定期的に休みを与えているのだが、天候や田畑の状況次第ではそれも潰《つぶ》れる可能性はゼロではない。

そして、どうしたって肉体労働である。慣れない者が丸一日農作業に従事すれば、翌日には日頃使わない筋肉が絶叫《ぜっきょう》大合唱である。

照りつける陽差《ひざ》しに痛む筋肉、体を汚す土や泥や埃《ほこり》、都会ではまず見ない虫や蛙《かえる》や家畜の糞《ふん》、それらが渾然《こんぜん》一体となった臭《にお》いにノックアウトされ、一人、また一人と実習生の若者が姿を消した。

そこに、このイノシシ騒《さわ》ぎである。

祖母の怪我《けが》で野生動物に恐れをなした実習生達が全員いなくなってしまったのだ。

斡旋《あっせん》された六人の実習生があてにならなくなり、困ったのは佐々木《ささき》家である。

プログラムからは補助金と労働力が稼働しなかった場合の見舞金は出るには出るが、金があっても収穫する手が無ければ丹精《たんせい》込めて作った作物がダメになってしまう。

手ずから育てた作物を自分の手でダメにしてしまうことは、農家にとって最も許しがたい事態だった。

しかし、今から慌《あわ》てて求人を出しても、近隣の経験豊富で元気な若者達は概《おおむ》ね他所《よそ》に取られてしまっている。

収穫まで間が無く、アルバイトの応募も見込めない上に重大な戦力である祖母が怪我《けが》をしてしまい、佐々木《ささき》家は窮地《きゅうち》に立たされているらしい。

それで、実家を出て東京で独立している千穂《ちほ》の父、千一《せんいち》にお呼びがかかったのだが……。

「もう今年の盆休みは決まっちまってるからなぁ……」

父は頭を抱《かか》える。

警察官である父の休みはそもそもカレンダー通りではないし、盆暮れ正月ならともかく、そう何日も仕事を休んで手伝いに帰ることなどできるはずもない。

「非力な私が行っても邪魔《じゃま》になるだけだしねぇ……お義母《かあ》さんのお見舞いとか入院中のお世話くらいならできるけど、畑のことはからきしだし」

母も沈痛な面持《おもも》ちだ。

「私、行ってもいいけど」

千穂《ちほ》は思い切ってそう言ってみる。

千穂《ちほ》も経験があるわけではないが、幼い時分に田舎《いなか》に赴いたときには出荷作物の選別くらいは手伝ったことがある。

「今お店閉まってるからアルバイトも無いし、学校の課題もほとんど終わってるし、部活も夏休みの間はもう……」

「ありがたいけど、千穂《ちほ》一人で行ったら兄貴や義姉《ねえ》さんが気を使う。それにこの時期は本当に大変だから、できれば男手の方がいいんだが……ううむ……」

千一《せんいち》が悩んだところでどうにかなる問題でもないのだが、それでも実家のちょっとした危機に、悩まずにはいられないのだろう。

「男手ねぇ……」

父の言葉を反復して、里穂《りほ》も腕を組むが、

「あ、そうだ」

唐突《とうとつ》に手を打って、千穂《ちほ》を見る。

「あなたのバイト先、今改装中なのよね？」

「う、うん」

千穂《ちほ》のアルバイト先である大手ファーストフード、マグロナルド幡《はた》ヶ《が》谷《や》駅前店は、新規業態であるマッグカフェ導入のための改装で一時閉店しているのだ。

「ってことはさ、暇してるんじゃないの？」

誰が、とは千穂《ちほ》は聞かない。

母が考えていることが、分かってしまったからだ。

千穂《ちほ》は目を見開き、母はそんな千穂《ちほ》の内心の動揺《どうよう》を見透かしたように口の端を上げて面白がるような口調で言った。

「真奥《まおう》さん達に声かけてみたら？　今、お仕事お休みされてるんでしょう？」

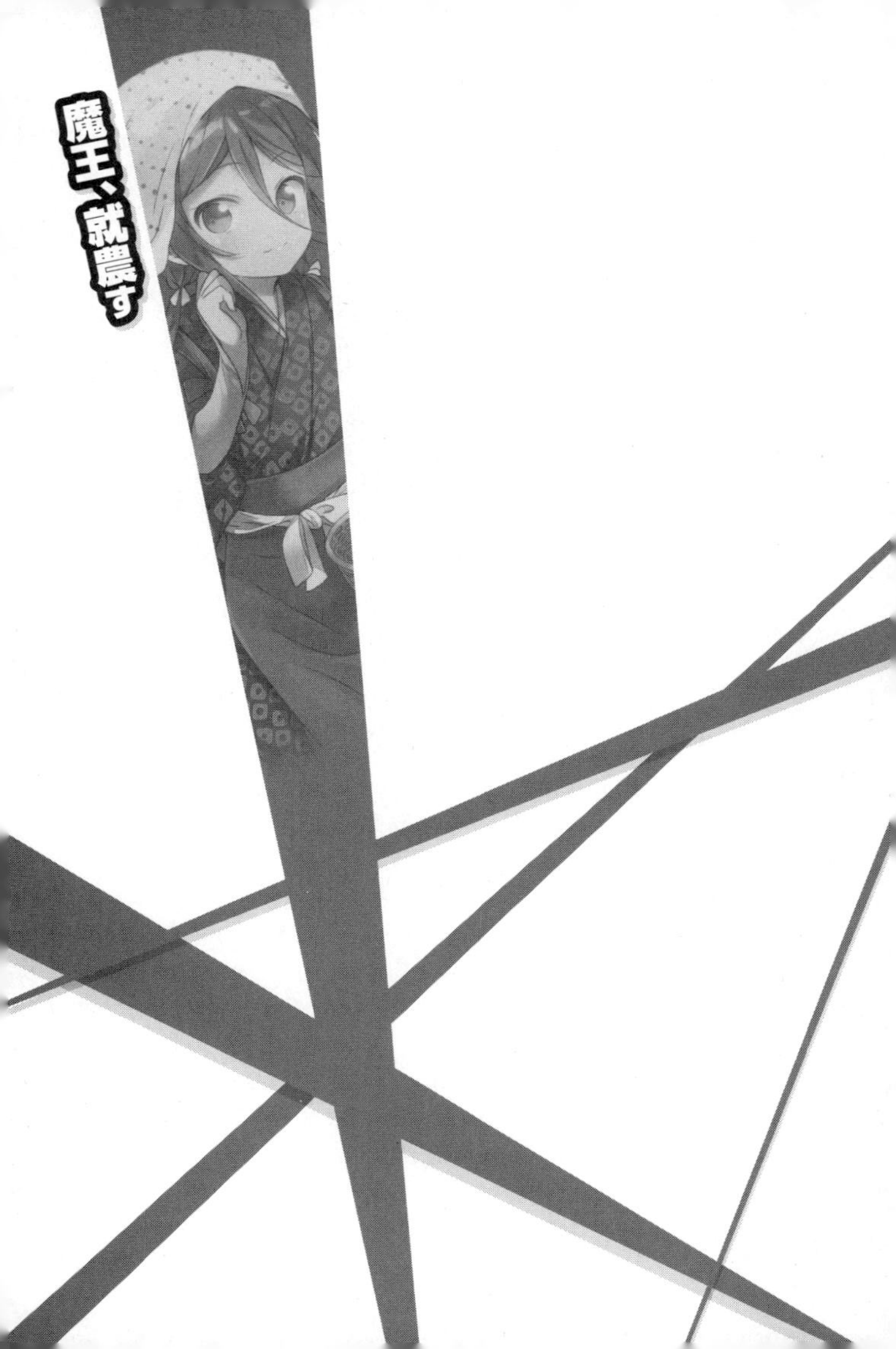
魔王、就農す

快晴の中央高速道を、佐々木里穂《ささきりほ》が運転する車がひた走る。

世間は夏休みの時期だがお盆を過ぎたこともあり、おかげで大きな渋滞《じゅうたい》もないまま車は諏《す》訪湖《わこ》のサービスエリアにやってきた。

「じゃあここら辺でお昼にしましょうか。漆原《うるしはら》さんもダメそうだし」

里穂《りほ》が駐車場に車を入れ、後部座席を見て苦笑する。

「おい、漆原《うるしはら》生きてるか」

「う……うん。うぷっ」

後部座席の中央では、小柄な青年、漆原半蔵《うるしはらはんぞう》が青い顔で息も絶《た》え絶《だ》えな様子。右隣の黒髪の青年、真奥貞夫《まおうさだお》は万が一に備え、ここまでずっと紙袋を手放すことができなかった。

「漆原《うるしはら》さん、もしトイレ行くならあっちにあったはずです」

漆原《うるしはら》の左隣に座っていた千穂《ちほ》はさっとドアを開けて漆原《うるしはら》を新鮮な空気に触れさせると、這《は》って出てくる漆原《うるしはら》に手を貸して、やっと駐車場に立たせる。

「全く情けない。申し訳ありません佐々木《ささき》さん。もう使えない奴《やつ》で」

一人辛辣《しんらつ》なのは、助手席から出てきた長身の芦屋四郎《あしやしろう》である。

「漆原《うるしはら》、しっかり立て。佐々木《ささき》さんにご迷惑をかけるんじゃない。全く、銚子《ちょうし》で車に乗ったときはこんなことにならなかっただろうが」

「ゆ、揺《ゆ》らさないで、うぷ……」

芦屋《あしや》は青い顔の漆原《うるしはら》に手を貸すと、トイレまで引っ張ってゆく。

その姿を見送りながら、真奥《まおう》は里穂《りほ》に頭を下げた。

「すいません本当、だらしなくて」

「いいのよ、千穂《ちほ》も昔はよく車酔いして大変だったわ。小学校の修学旅行とかバスに乗りたくないって泣いちゃったことがあったわね」

「お、お母さん！　それ言う必要ない！」

思わぬ形で微妙《びみょう》に恥《は》ずかしい過去を暴露されて、顔を赤らめる千穂《ちほ》。

「さて、お昼だし、お腹が空くと車酔いしやすくなるって言うしね。真奥《まおう》さんもお腹空いたでしょ。何か食べましょ！」

里穂《りほ》は車のドアをロックすると、先に立ってサービスエリアの建物に入ってゆく。

「でも、本当に漆原《うるしはら》さん、大丈夫ですか？」

漆原《うるしはら》と芦屋《あしや》が消えた先を見ながら、千穂《ちほ》は心配そうに尋《たず》ねる。

千穂《ちほ》の家の車はごく普通の五人乗りのファミリータイプ。一番大柄な芦屋《あしや》が助手席に座り、後部座席の配置は窓際に真奥《まおう》と千穂《ちほ》、そして真ん中に漆原《うるしはら》という、やむを得ないのだが色々と空気を読めない配置。

そのポジションも相まってか漆原《うるしはら》は大分早い段階で車に酔っていたようだ。

「まぁ……うん、この夏は、悪魔の身でも夏バテもすれば車酔いもするってことで、色々発見が多い夏だというこったな」

真奥《まおう》も肩を竦《すく》めて苦笑する。

「でも空中であんなに凄《すご》い動きできるのに……」

「人の運転で、しかも長時間車に乗ってるとなるとまた違うんだろ。銚子《ちょうし》のときは十分《じゅっぷん》乗ったかってとこだったからな。ま、放っときゃ戻ってくるさ。俺達も先に入ってようぜ。お袋さん待たせちゃ悪い」

二人は連れ立って里穂《りほ》の後を追う。

広い建物の中は多くの観光客で賑《にぎ》わっており、お土産《みやげ》物売り場もフードコートも大盛況だ。

「二人ともこっち！　早く早く！」

里穂《りほ》の声がして真奥《まおう》と千穂《ちほ》が顔を上げると、窓際に見事、五人分の席を確保した里穂《りほ》が手を振っていた。

「俺、高速道路のサービスエリアって初めて来たんですけど、広いんですね」

真奥《まおう》は里穂《りほ》の正面に腰掛ける。

千穂《ちほ》はわずかな逡巡《しゅんじゅん》の末、大人しく母の隣に腰を下ろした。

「昔はここが一番凄《すご》かったけどねー。でも最近はあっちこっちのサービスエリアが大きくなって、それほど目立たなくなっちゃった感はあるわ。まぁ、眺《なが》めだけで言えば圧巻だけどね」

里穂《りほ》はそう笑って窓の外を見る。

そこには快晴の空を切り取ったかのように静かな水面を湛《たた》える巨大な湖、諏訪湖《すわこ》の大パノラマが広がっていた。

「時間があったら温泉でも入っていきたいところなんだけどね。向こうの人も待ってるから、帰りに余裕があったら寄りましょうか」

「温泉？」

真奥《まおう》は高速道路にはあまり似つかわしくない単語に首を傾《かし》げる。

すると里穂《りほ》は、窓から見える散歩道の隅にある看板を指さした。

「え⁉　ここに温泉があるんですか⁉」

なんとサービスエリアの隅に『ハイウェイ温泉諏訪湖《すわこ》』の文字が。

「まぁそれなりの、だけどね。話のタネにはなるかしら。あ、二人ともこっちですよー！」

そこに芦屋《あしや》と、少しだけ顔色が戻った漆原《うるしはら》がやってきて、全員で卓につく。

「それじゃ、順番にご飯注文してきましょうか。真奥《まおう》さん達、お先にどうぞ」

「恐れ入ります。おい漆原《うるしはら》、どうする」

「……かけうどんで」

顔色は戻ったが、まだ車酔いは治まっていないらしい漆原《うるしはら》は具も何もない普通のうどんを芦《あし》屋《や》に注文して、卓に突っ伏す。

「千穂《ちほ》、これ」

「え？　……あ、うん分かった」

里穂《りほ》と千穂《ちほ》が何事か話している間に注文に立った真奥《まおう》と芦屋《あしや》は、ポークカレーとしょうゆラーメンという当たり障りのないものを注文する。

そんな二人を横目に千穂《ちほ》は、なぜかフードコートの正面カウンターとは別の方へと歩いていき、

「ん？」

「あ……」

真奥《まおう》と芦屋《あしや》がテーブルに戻ってくると、そこに千穂《ちほ》も戻ってきて真奥《まおう》達のトレーに饅頭《まんじゆう》のようなものを載せていく。

「ちーちゃん、これは？」

「長野名物のおやきです」

千穂《ちほ》は母と笑《え》みを交わしながら答える。

おやきは小麦粉やそば粉を練った皮で、肉や野菜、山菜やアンコなどの餡《あん》を包んだ饅頭《まんじゆう》のような食べ物である。

「お仕事で来てもらうのはそうなんですけど、折角《せつかく》普段来ないところに来たんですから珍しいものとか食べてもらってってお母さんが。あ、中身はスタンダードに野沢菜です」

手のひらより少し小さいおやきを見て、真奥《まおう》と芦屋《あしや》は顔を見合わせる。

「じゃ、じゃあ……」

「恐れ入ります、頂戴《ちょうだい》します」

そう言って、出来立てらしいおやきの包みを剝《む》いて一口。

「……美味《うま》い」

単なる饅頭《まんじゅう》のように見えるが、薄めの皮なのに餅のような食感で食べ応えと甘味があり、それが中身の野沢菜とよく合っている。

「おい漆原《うるしはら》、食ってみろ美味《うま》いぞ！」

「あ……うん、もうちょっとしてから……」

一気に食べ終えてしまった真奥《まおう》に勧められるが、漆原《うるしはら》はまだ回復しきらない。

「まぁ、ご飯食べてからまたすぐ乗って吐《は》いちゃってももったいないし、夕方までに着けばいいからゆっくり行きましょ。じゃ、私も何か買ってくるわ」

里穂《りほ》が立ち上がると、千穂《ちほ》もそれについてゆく。

母子の後ろ姿を見送ると、真奥《まおう》と芦屋《あしや》は顔を見合わせる。

「いやぁ、やっぱ土地が違うと食い物も変わるな！」

「そうですね。銚子《ちょうし》とは違って今度は山ですし、山の食材がどのようなものか、興味もあります」

マグロナルド改装までの間の勤め先として目されていた銚子《ちょうし》の海の家が、まるで予想外の理由で閉店してしまった。

戻ってきてからも、テレビなどの大きな買い物をしたことで、魔王城の財政は逼迫《ひっぱく》とは言わないまでも、あまり余裕のある状況ではなかった。

そこに今回の千穂《ちほ》の父方の田舎《いなか》での農作業アルバイトである。

マグロナルドよりも若干《じゃっかん》時給は下がるものの、宿泊費無し、食費の一切が先方持ちとなれば飛びつかない方がどうかしている。

「なんだか……外に出るようになってからロクな目に遭ってない気がする」

突っ伏す漆原《うるしはら》のうめき声は、騒《ざわ》めくフードコートの中で誰の耳にも届くことはなかった。

※

八月上旬の魔王城周辺は、とにかく慌《あわ》ただしかった。

ただでさえ、魔王城の主《あるじ》である魔王サタンこと真奥貞夫《まおうさだお》のアルバイト先で魔王城の家計の要《かなめ》であるマグロナルド幡ヶ谷《はたがや》駅前店が、新装開店のために一時休業しているのである。

そこに、魔王城が入居する六畳一間の木造アパート、ヴィラ・ローザ笹塚《ささづか》の大家志波美輝《しばみき》から、彼女の親戚が経営する海の家で住み込みで働いてくれないかと打診があった。

喜び勇んで出向いた真奥《まおう》達を待っていたのは、異世界の住人であるはずの真奥《まおう》達をして、理解不能な地球の不思議と、予定よりはるかに早く仕事が終わってしまった現実だった。

収入の面では決して悪い稼ぎではなく、結果的には普通にアルバイトをするよりもわずかばかり多い現金収入を得て、おかげでこれまで購入を渋っていたテレビを購入することができた。

ところがテレビ購入にまつわり、日本における真奥《まおう》達の唯一《ゆいいつ》の理解者、佐々木千穂《ささきちほ》が入院する程の被害が及ぶ事態が発生する。

魔王たる真奥《まおう》の宿敵であり、今は携帯電話会社ドコデモの受信専門テレホンアポインターとして生計を立てている勇者エミリアこと遊佐恵美《ゆさえみ》と、魔王城の隣の部屋に入居している異世界エンテ・イスラの聖職者、クレスティア・ベルこと鎌月鈴乃《かまづきすずの》と共に一連の事件はなんとか解決した。

その後、真奥《まおう》は魔界統一、エンテ・イスラ侵攻、日本漂流と激動の歴史から今に至るまで、一度も取ったことのなかった『休み』を取ると宣言する。

その方が自分達の身を守ることはもちろん、万が一のときに千穂《ちほ》や日本の安全を守ることが容易だからだ。

そうして何百年ぶりかの『休み』に入った真奥《まおう》は、図書館に行ったり、テレビを見たり、時折アパートを訪ねてくる恵美《えみ》と、自分と恵美《えみ》を両親と慕う聖剣《せいけん》と融合した赤子、アラス・ラムスを迎えて遊んだりと、完全に休日のお父さん状態が続いた。

世界征服の野望を抱《いだ》く魔王のダラけた有様に、真奥《まおう》を人類の敵と常々自分に言い聞かせている恵美《えみ》と鈴乃《すずの》は複雑な顔色を見せていた。

が、やはりというかなんというか、魔王城の悪魔達は、何かと働く運命にあるようだ。

千穂《ちほ》の実家の農業を短い間手伝ってほしい、という佐々木《ささき》家からの打診を、真奥《まおう》は二つ返事で了承した。

「やっぱ家でのんべんだらりとしてても調子が出ねぇや」

とは真奥《まおう》の弁。

日々ニートの立場に甘んじ、できれば家から出たくない堕天使《だてんし》ルシフェルこと漆原《うるしはら》はそれを聞いて大いに顔を顰《しか》めたものだ。

とはいえ魔王城の大黒柱である真奥《まおう》と、家計の一切を握る悪魔大元帥《だいげんすい》アルシエルこと芦屋四郎《あしやしろう》が応じてしまえば、漆原《うるしはら》に拒否権は無い。

とんとん拍子に千穂《ちほ》の田舎《いなか》へ悪魔三人揃《そろ》って手伝いに向かうことが決まったのは、お盆を過ぎた、八月の下旬のことだった。

※

諏訪湖《すわこ》サービスエリアを出た車は、再び中央道をひた走る。

休憩《きゅうけい》したおかげで漆原《うるしはら》もなんとか意識を保っており、渋滞《じゅうたい》も軽微なレベル。

一行の道行は順調だった。

「この調子ならあと一時間はかからないかしら」

里穂《りほ》がそう呟《つぶや》いて、助手席の芦屋《あしや》が顔を上げる。

「これからお邪魔《じゃま》する佐々木《ささき》さんのご実家は、正確にはどのあたりにあるのですか？」

「あら、千穂《ちほ》、ちゃんと説明しなかったの？　ごめんなさいね」

「い、いえ、伺《うかが》ってはいるのですが、何せ土地勘がないもので」

母の軽口に頬《ほお》を膨《ふく》らませる千穂《ちほ》の顔がミラー越しに見えて、芦屋《あしや》は慌《あわ》てて首を横に振る。

「えっとね、私も主人の実家ってだけで、それほど地理に詳《くわ》しいわけじゃないんだけど」

里穂《りほ》は前置きしてから言う。

「とにかく、あれほど山が綺麗《きれい》な場所はないんじゃないかしら」

「山ですか」

「すっごい、山脈って感じなんです」

母の後をついで、千穂《ちほ》が意気込む。

「登山して楽しいとか、見て圧倒される山っていうのは沢山《たくさん》あるかもしれませんけど、お父さんの田舎《いなか》から見える南アルプスは本当に綺麗《きれい》なんです。水もすごく綺麗《きれい》で美味《おい》しくて、夏も風が通って涼しいんですよ。エアコンなんかいらないくらい」

「涼しいのは助かるな。なんだかんだで肉体労働なんだろうから」

千穂《ちほ》からの情報に真奥《まおう》は顔を綻《ほころ》ばせるが、

「昔はねー、確かにそうだったけどねー、最近はねー」

里穂《りほ》はそこにやんわりと影を落とす。

「千穂《ちほ》がちっちゃい頃は、本当に涼しい避暑地って感じだったけど、ここ何年かは東京とほとんど変わらないわよ。まぁ肉体労働するんだったら水分補給は怠《おこた》らない方がいいわねー」

「うう……」

後部座席で漆原《うるしはら》が唸《うな》った理由は、決して車酔いが再発しただけではあるまい。

「あと、高速降りたら通るけど、天竜川《てんりゅうがわ》が流れてるわ……あ、いけない、そろそろ」

里穂《りほ》はふと道路標示を見て、そこそこ出していたスピードを落として左車線に移る。

「漆原《うるしはら》さん！　ちょっと大きなカーブ入るわよ！」

「は～い……」

里穂《りほ》の合図と共に、車は高速道路の出口に向かう。

東京を出発して約三時間。

悪魔三人を乗せた車は、中央高速道駒ヶ根《こまがね》インターチェンジから長野県駒ヶ根《こまがね》市に降り立った。

「でも……今更ですけど遊佐《ゆさ》さんに声かけなくて良かったんですか？」

ＥＴＣレーンを抜けて左折し市街へと向かう車の中で、急に千穂《ちほ》が思い立ったように真奥《まおう》に尋《たず》ねる。

「帰ってから怒られたりしません？」

「怒るかもしれねぇけど、別に俺達がどこに行こうとあいつの知ったこっちゃない」

建前上、エンテ・イスラから真奥《まおう》を討伐《とうばつ》しにやってきているはずの恵美《えみ》は、当然真奥《まおう》達の動向を逐一掴《ちくいちつか》みたがる傾向にある。

「それにな、多分怒られるなら、帰ってからじゃない」

千穂《ちほ》は首を傾《かし》げると、真奥《まおう》は面倒くさそうにため息をついた。

丁度車は市街の中心へ入り、フロントガラスの向こうにＪＲ駒ヶ根《こまがね》駅が小さく見える。

「来る前に調べたんだけどな、新宿《しんじゅく》からここまで、高速バス一本で来られるんだ」

「え……あ！」

千穂《ちほ》の一瞬《いっしゅん》の疑問に答えるように、今まさに、千穂《ちほ》達の車は駒ヶ根《こまがね》駅前の高速バス停留所の前を通り過ぎた。

「恵美《えみ》には何も言ってねぇけど、鈴乃《すずの》はちーちゃんの話、一緒《いっしょ》に聞いてたろ」

「……ですね」

千穂《ちほ》は納得して頷《うなず》いた。

確かに真奥《まおう》の部屋を訪れて佐々木《ささき》家の田舎《いなか》の仕事を打診したとき、鈴乃《すずの》も隣室から出てきてその話に関心を見せていた。

「銚子《ちょうし》にだって追いかけてきただろあいつら。絶対、来ないわけがない」

「……ですよねー」

真奥《まおう》の推測を否定できる材料を、千穂《ちほ》は持ち合わせていなかった。

※

「ぇぷしっ‼　……あぅ」

「あら、どうしたのアラス・ラムス」

恵美《えみ》はショルダーバッグの中からポケットティッシュを取り出すと、くしゃみをした『娘』の鼻に当てて鼻水を拭《ふ》き取ってやる。

「エアコンが寒かったのかしら。でも、外は暑いしね……出発までどこかお店に入った方が良かったかしら」

言いながら、腕時計と掲げられている電光掲示板の文字を見比べる。

新宿《しんじゅく》駅西口、ヨドガワバシ電気前の高速バス乗り場の切符売場で恵美《えみ》とアラス・ラムスが見上げるのは、長野県南部へと向かう高速バス、飯田《いいだ》線の掲示板だ。

「待たせたエミリア」

そこに、和装の小柄な女性が駆《か》けてくる。

手には細長い封筒のようなものを持っていた。

「ギリギリだった。お盆が過ぎてるはずだが、ほとんど席が埋まっているらしくてな。一時間後、京王《けいおう》バス駒ヶ根《こまがね》車庫行きだ」

「ありがとうベル。最近はお盆休みも皆ずらして取るみたいよ。切符、いくら？」

恵美《えみ》は、切符を買う列に並んでくれたクレスティア・ベルこと鎌月鈴乃《かまづきすずの》に礼を述べて財布を取り出す。

「ちょっと待ってくれ、確か三千ちょっとだが、細かかったから後で落ち着いたらな」

鈴乃《すずの》は恵美《えみ》に見てもらっていた古めかしい手持ちのトランクの中に切符を収める。

「アラス・ラムスは？　小児運賃だった？」

「いや、母親が膝《ひざ》に抱《かか》えればアラス・ラムスの年齢なら料金はかからないと言われた。道路事情にもよるが三時間ほどかかるらしいが、大丈夫か？」

赤ん坊連れで公共交通機関に長時間乗るのはなかなか周囲の乗客に気を使うことが多い。

アラス・ラムスは癇癪《かんしゃく》を起こして泣きわめくようなことはないが、車中で三時間大人しくしていられるかどうかは微妙《びみょう》なところだ。

「外見せてれば大丈夫かなって思うけど……ベル、私とアラス・ラムス、窓側でいい？」

「構わんが、窓側は窓側で車酔いをしそうではあるな」

「ガブリエル相手にあれだけ大立ち回りができるのに、車酔いなんかするのかしら」

恵美《えみ》は、アラス・ラムスが聖剣《せいけん》と融合する前に、大天使の力を軽く凌駕《りょうが》する戦いを見せたことを思い出す。

「……分からんぞ。悪魔が夏バテしたり猫《ねこ》アレルギーだったりするくらいだからな」

「……そうね、ガブリエルに頭突きできるのに、電車の窓に頭ぶつけて泣いちゃうしね」

「……う？」

恵美《えみ》と鈴乃《すずの》は乾いた笑いを浮かべてから、束《つか》の間がっくりと項垂《うなだ》れる。

「それにしても、この前千葉に行ったと思ったら今度は長野？　少しは大人しくしてればいいのに。いちいち仕事休まなきゃいけないこっちのことも考えてほしいわ」

恵美《えみ》がうんざりした口調で言うのは、もちろん真奥《まおう》達のことだ。

「大体、大黒屋《おおぐろや》のアルバイトでも、きちんと実入りはあったんでしょ？　この前千穂《ちほ》ちゃんを巻き込んであんなことがあったばっかりなのに、あっちこっちふらふらしてどういうつもりなのかしら」

「まぁだがそれは……」

恵美《えみ》の文句を受けて鈴乃《すずの》が口を開こうとするが、恵美《えみ》はやんわり止める。

「待って、言いたいことは分かるわ」

「んん？」

「そりゃ世界征服を叫《さけ》んでる魔王が東京を中心に千葉や長野までしか移動してないんだったら

十分大人しいって言い方はできるかもしれないわ。それは分かってるわよ」

「……うむ」

「どうせあいつらのことだから、休んで日がな一日家でごろごろしてるのに耐えられなかったんでしょ。そうでなくてもあのアパートってエアコンも無いし娯楽も無い。あの魔王が寝っ転がってぼんやりテレビ見てる姿なんて想像できないもの」

「……うむ」

「そんなときに日頃お世話になってる千穂《ちほ》ちゃんのおうちの用事で働けて、しかもお金が入るんならそりゃ誰だって行くわよ。分かってるのよそんなことは」

「で、とどのつまり何が言いたいんだ」

言い募《つの》る恵美《えみ》に、鈴乃《すずの》としてはもう苦笑するしかない。

別に鈴乃《すずの》自身はそこまで考えて何かを言おうとしたわけではないのだが、確かに千穂《ちほ》から話をされたときの真奥《まおう》達は、『休み』に飽き飽きしていた様子だったことは間違いない。

行くのを嫌《いや》がっていたのは漆原《うるしはら》くらいで、真奥《まおう》と芦屋《あしや》は二つ返事を絵に描いたような即答ぶりだった。

時給だけで言えば決して高いものではないが、三食付いて土産《みやげ》に採れたて農産品とまで言われたら今の真奥《まおう》達にとっては願ってもない話だろう。

つまり鈴乃《すずの》が見たものと恵美《えみ》が想像した真奥《まおう》達の姿は全く同じなわけだが、そこまで言い募《つの》る恵美《えみ》が最終的に何を言いたいのか鈴乃《すずの》は測りかねる。

「何が……何が一番嫌《いや》って……」

恵美《えみ》はなぜか鈴乃《すずの》にびしりと指を突きつけたかと思いきや、急に顔を顰《しか》めて頭を抱《かか》えて、今立ち上がったばかりのベンチにまた座り込んでしまう。

「あいつらのそういうところが簡単に想像ついちゃう自分が一番嫌《いや》なの！」

「そこまで悲観することでも……まぁ、あるか」

鈴乃《すずの》は頬《ほほ》を掻《か》きながら、恵美《えみ》の複雑な心中を察する。

宿敵と追ってきた魔王の生活やら考えやら思惑が手に取るように分かれば勇者たる恵美《えみ》にとってはいいことのはずだ。

だが、恵美《えみ》が手に取るように分かりたかったのは、魔王一派の経済観念とか労働意欲とか勤勉さとか、そういうことではないのだ。

「第一！」

「おう!?」

今度は勢い良く立ち上がり、隣に大人しく座っていたアラス・ラムスがはっと恵美《えみ》を見上げ、鈴乃《すずの》も驚いて低い声を上げてしまう。

「佐々木《ささき》家の、よりにもよって農業を手伝いに行くっていうのがまた気に入らないわ！」

「そ、それは仕方のないことだろう。それが佐々木《ささき》家の稼業なわけで……」

言いがかりに近くなってきた恵美《えみ》の愚痴《ぐち》に圧倒される鈴乃《すずの》だが、

「私の故郷の麦畑を踏《ふ》み潰《つぶ》した奴《やつ》らが、どの面《つら》下げて畑仕事する気なのかしらね！」

「……ああ」

エンテ・イスラの恵美《えみ》の故郷は、当時の漆原《うるしはら》率いるルシフェル軍によって壊滅させられている。

元々農家の娘である恵美《えみ》にしてみれば、その一事をとっても今の真奥《まおう》達の行動が許しがたいのだろう。

どう声をかけていいか分からない鈴乃《すずの》に気づいたのか、恵美《えみ》ははっとしたように眉《まゆ》を上げて、深呼吸をするようにため息をついた。

「……ごめんなさい、ちょっと、熱くなっちゃったわ」

「いや、いいさ。エミリアにはそれだけのことを思う理由がある」

かけられる言葉は少ないが、鈴乃《すずの》は恵美《えみ》の腕を軽く撫《な》でると、トランクを抱《かか》え上げて明るく言った。

「さて、バスが出るまで少し時間がある。どこかで時間を潰《つぶ》すか？　ここはアラス・ラムスには冷房が強すぎるだろう？」

「……ええ、そうね」

鈴乃《すずの》の明るさには、いささかのわざとらしさが混じる。

それは軽はずみに恵美《えみ》の気持ちを理解したなどと言わない代わりに、気持ちだけは受け止めたという彼女なりの誠意だった。

恵美《えみ》も、それを理解できないほど熱くなっているわけではない。

「三時間もかかるんじゃ、向こうに到着するのはもう夜ね。ちょっと遅くなっちゃったけど、高速が渋滞《じゅうたい》したら嫌《いや》だし、ご飯食べていきましょうか」

「それがいい」

「こーんすーぷ！」

ご飯、の単語に反応したアラス・ラムスが、恵美《えみ》の手を掴《つか》んでせがむ。

「はいはい、コーンスープね。最近急にコーンクリームが好きになっちゃったみたいで」

「ならば洋食屋にするか？　私はこの近くの店はうどん屋しか知らないのだが……」

恵美《えみ》は脳内に新宿《しんじゅく》駅西口の地図を思い浮かべて、いくつかの飲食店をピックアップする。

鈴乃《すずの》の一言のおかげで、洋食を食べられる店の中で一か所だけまんまるうどんが検索されてしまったのは検索ミスとして放置した。

「ちょっとボリュームが男性向けだけど、安くておいしい洋食屋さんがあるわ。行きましょ」

こうして魔王を追う勇者と聖職者は、聖剣《せいけん》に宿る赤子を連れて、とりあえずコーンスープがある洋食屋を目指して歩きはじめたのだった。

※

「おいおい漆原《うるしはら》！　見ろあれ！」

「ゆ、揺《ゆ》らさないで……今ちょっとまたヤバ……」

「川の傍《そば》の建物！　カッパの顔みてぇな形してたぞ⁉」

「あ、真奥《まおう》さん気づいた？　あれ『カッパ館』って言うのよ。冗談みたいでしょ？」

「え？　そうなんですか？」

運転席の里穂《りほ》の言葉に、真奥《まおう》は信じられないような面持《おもも》ちで後ろに流れていった『河童《かっぱ》の顔の建物』を振り返る。

「郷土の河童《かっぱ》に関する伝説とか資料とかが展示されてるの」

「河童《かっぱ》って……本物じゃないですよね？」

真奥《まおう》は、最近テレビでやっていたUMA特集番組を思い出して眉根《まゆね》を寄せる。

「本物じゃないだろうけど、でも河童《かっぱ》の伝承に基づいた古いものとかが結構展示されてるらしいわよ？　一度も入ったことないけど」

「へぇ……」

「そのカッパ館が建ってたところの川が天竜川《てんりゅうがわ》なんです。だから水の妖怪《ようかい》とかの伝説が生まれやすかったんじゃないですか？」

千穂《ちほ》が後ろに過ぎ去った大きな橋を振り返ってそう補足した。

「……なるほど……ということはもしや……」

里穂《りほ》の話に思わず唸《うな》ったのは、助手席の芦屋《あしや》である。

だがそのくぐもった独り言には誰も注意を払わず、代わりに、

「あ、もうすぐ着きますね」

正面に顔を戻した千穂《ちほ》の言葉に男性三人に緊張が走る。

新しい雇い主と対面する間際というのは、やはり緊張する。

千穂《ちほ》の親戚というだけでは人となりまでは測りようがないし、それに三人にとっては農業など全く未知の分野である。

仕事を紹介してくれた千穂《ちほ》や千穂《ちほ》の父の顔を潰《つぶ》すようなことはあってはならないと肝《きも》に銘《めい》じ、漆原《うるしはら》以外の二人は車の中で背筋を伸ばした。

車は小高い山の道を上り、杉林沿いをひた走る。やがて杉林が消えて視界が開けたとき、

「おお！」

最初に声を上げたのは芦屋《あしや》だった。

フロントガラスの向こう側には、千穂《ちほ》と里穂《りほ》が語った南アルプスの青い峰《みね》が大パノラマで広がっていたのだ。快晴の空とは一線を画した大地の青に芦屋《あしや》と真奥《まおう》は息を呑《の》む。

「あ、ちなみに」

遠くに見える南アルプスの絶景に感嘆の声を上げる二人に、里穂《りほ》はこともなげに言う。

「今いる丘というか山、公道以外はほぼ全部佐々木《ささき》の家のね」

束《つか》の間、エンジン音が車内の主役となった。

「「えええええええええええええ!?」」

真奥《まおう》と芦屋《あしや》の絶叫《ぜっきょう》に、車酔いが再発していた漆原《うるしはら》はビクリと体を震わせたのだった。


「やい里穂《りほ》さん遠いとこすまんね、よく来たよく来た！」

「義姉《ねえ》さん、お久しぶり！　ごめんね遅くなって！」

車の音を聞きつけていたのだろう。

お屋敷としか呼びようのない一軒家の前には、恰幅《かっぷく》の良い中年女性が待ち構えていた。

「伯母《おば》さん、お久しぶりです」

里穂《りほ》と千穂《ちほ》が一足先に車から降りて笑顔《えがお》でその女性に挨拶《あいさつ》をしている。

「やい千穂《ちほ》！　久しぶりだなぁ！　また大きくなったな！」

まるで小さい子にそうするように千穂《ちほ》の頭を撫《な》でる女性は、後からおずおずと車を降りる真《ま》奥《おう》達を見て、また破顔する。

「あんたが真奥《まおう》さんけ！」

「あ、は、はい、どうも、初めまして」

明るい声が急接近してきて、真奥《まおう》は思わず姿勢を正す。

「やいこの度は本当、無茶なお願いを聞いてくれてありがとうございますー。本当、千一《せんいち》さんから聞いたときには天の助けだと思っちまって」

悪魔の王相手に天の助けもないものだが、そこを突っ込んでも仕方がないので、真奥《まおう》はとりあえずお辞儀をする。

悪魔の王だからこそ、礼儀を失してはならない。

「真奥貞夫《まおうさだお》です。しばらく、お世話になります。よろしくお願いします。あ、大きい方が芦屋《あしや》で、小さい方が漆原《うるしはら》です。おい、二人とも」

芦屋《あしや》と漆原《うるしはら》を呼び寄せる。すると、

「芦屋《あしや》さんに漆原《うるしはら》さん。本当によく来てくれたなぁ！　こちらこそよろしくお願いしますー」

明るい声で、女性は真奥《まおう》達よりもよほど深々と頭を下げる。

「恐れ入ります。芦屋四郎《あしやしろう》と申します」

「……漆原《うるしはら》、です」

「千穂《ちほ》の伯母《おば》の由美子《ゆみこ》ですー。やい、里穂《りほ》さんも真奥《まおう》さん達も、長いこと車で疲れたら！　上がって休んでくれよ！　里穂《りほ》さん、手数だけど、車は裏のいつものとこに置いてくれな！　千《ち》穂《ほ》、真奥《まおう》さん達の部屋はもう用意してあるで、とりあえず二階の右の部屋に案内してやってくれよ。私はお父さん呼んでくるに。お父さーん！　お父さーん！」

千穂《ちほ》の伯母《おば》、由美子《ゆみこ》は嵐のように矢継早にそう言うと、身を翻《ひるがえ》して家の中に駆《か》け込んでいってしまう。

「……」

真奥《まおう》は勢いに圧倒されたまましばし固まっていたが、

「それじゃ真奥《まおう》さん、芦屋《あしや》さん、漆原《うるしはら》さん、荷物持って、上がりましょ」

「お、おう」

「は、はぁ」

「……うぷ」

千穂《ちほ》に促《うなが》されて、そう多くもない荷物を車のトランクから下ろすと千穂《ちほ》に従ってお屋敷の引き戸を開く。

「ひ……広い……」

最初に声を上げたのは、芦屋《あしや》だった。

純日本家屋の趣《おもむき》の佐々木《ささき》の実家は、玄関から見える廊下だけで、ヴィラ・ローザ笹塚《ささづか》の共用廊下に匹敵する長さを誇っていた。

玄関だけでもヴィラ・ローザ笹塚《ささづか》二〇一号室がまるまる収まってしまうのではないかと思う

ほど広く、下駄箱《げた》の上にはどういうわけか巨大なスズメバチの巣が飾られている。

「お、おい芦屋《あしや》、廊下の先、曲がってるぞ、まだ部屋があるんじゃねぇのか」

「どうなのでしょう……あったとして、そんなに沢山《たくさん》の部屋を一体何に使うのか……」

一つの大陸の都市一つ潰《つぶ》した魔王城に住んでいたはずの魔王と悪魔大元帥《だいげんすい》は、長野の農家の日本家屋の玄関口で既にその広大さに圧倒されてしまっている。

「とにかく、荷物置いちゃいましょ。私が言うのもおかしいですけど、どうぞ、上がってください」

一方千穂《ちほ》は、当然というかなんというか、幾度も訪れた親戚の家。特別な感慨もなく玄関に上がる。

真奥《まおう》と芦屋《あしや》は恐る恐る、漆原《うるしはら》は相変わらず青い顔をしながら千穂《ちほ》の後に続いた。

「く、靴《くつ》とか揃《そろ》えておいた方がいいんじゃやねぇか」

「そ、そうですね」

普段あまり気にしないことなのに、踏《ふ》み入れたことのない環境にすっかり尻込《しりご》みしてしまった悪魔二人は、律儀《りちぎ》に漆原《うるしはら》や千穂《ちほ》の靴まで揃えておく。

「伯母《おば》さん二階の右って言ってたから……こっちです」

千穂《ちほ》が先に立って歩こうとして、真奥《まおう》はあることに気づく。

「あ、芦屋《あしや》、俺は今、とんでもない事実に気がついた」

「な、何事でしょう」

「真奥《まおう》さん？」

廊下の真ん中で不思議そうに振り返る千穂《ちほ》。

一方の真奥《まおう》は、玄関を上がったところで落ち着きなく周囲を見回し、そして言った。

「玄関から、階段が見えねぇ。階段は、あの角の奥なんじゃねぇか？」

「……な……ま、まさか!!!!」

芦屋《あしや》も真奥《まおう》の言わんとしていることに気づき、表情が固まる。

「ま、魔王様」

「あ、ああ」

「我々は、とんでもない所に来てしまったのでは」

「……なんでもいいから早く行けよ」

車酔いの余韻《よいん》が残っていて一刻も早く休みたい漆原《うるしはら》が、大悪魔の威厳も形なしに佐々木《ささき》家の広大さにショックを受けている二人に冷たい突っ込みを入れると、

「誰か来たのか？」

「「うわあぁっ⁉」」

その途端、真奥《まおう》と芦屋《あしや》の背後の襖《ふすま》が物凄《ものすご》い勢いで開いて大柄な男性が姿を現し、二人は思いきり飛び上がってしまう。

「うおっ⁉　びっくりした！」

だが驚いたのは向こうも同じだったようだ。

年のころは三十前後と思われるが、人懐っこそうな柔和な表情と健康的に日焼けした筋肉質の体は真奥《まおう》や芦屋《あしや》の人間型と変わらないほど若々しい。

「あ、一馬《かずま》兄ちゃん、こんにちは」

一人千穂《ちほ》だけが何事も無かったように、現れた男性に笑顔《えがお》で挨拶《あいさつ》する。

「に、兄ちゃん？」

真奥《まおう》は千穂《ちほ》らしからぬ人の呼び方に激しく鼓動《こどう》を打つ心臓を抑えながらも首を傾《かし》げる。

「おお千穂《ちほ》、着いてたのか。てことは、この人達が」

一馬《かずま》兄ちゃん、と呼ばれた男性は一瞬《いっしゅんま》真奥《おう》達を値踏《ねぶ》みするような目になったが、

「まぁ遠いとこ疲れてるだろうから、まずは荷物を置いてくれ。挨拶は後でな」

そう言って、出てきた部屋の襖《ふすま》を閉じると玄関から外へ出ていってしまう。

その背中を呆然《ぼうぜん》と追う真奥《まおう》と芦屋《あしや》。漆原《うるしはら》はもう限界に近い。

「え……っと」

「あ、一馬《かずま》兄ちゃんは……私の従兄弟《いとこ》です」

困惑顔の真奥《まおう》の疑問を察したのか、千穂《ちほ》が説明してくれた。

「い、従兄弟《いとこ》？　そ、そうか」

真奥《まおう》は頷《うなず》く。

「兄ちゃんなんて言うから、ちーちゃんに兄貴がいたのかと思った」

「……あっ」

真奥《まおう》の言うことに一瞬遅れて気づいた千穂《ちほ》は、思わず頬《ほほ》を赤らめる。

「すいません、小さい頃からずっとそう呼んでたから、子供っぽいことは分かってるんですけどつい……」

昔は一馬《かずま》も千穂《ちほ》のことを「ちー」とか「ちーちゃん」とか呼んでいたのだが、それは向こうが高校生で、千穂《ちほ》が小学校に上がった頃の話。

自分だけが未だに昔からの倣《なら》いが抜けないのが気恥《きは》ずかしくなってしまう。

「ああ、悪い悪い、そういうことじゃねぇんだ。ま、なんというかお袋さんと話してるときも思ったんだが」

「はい？」

「ここにいると普段見られないちーちゃんの顔が見られる気がして、面白くなってきた」

「…………っ！」

真奥《まおう》にとっては何げない言葉だったが、

「し、知りませんそんなことっ！」

千穂《ちほ》にとっては、それはなかなか心の奥底まで鋭《するど》く入ってくる言葉だった。

「ん？　俺なんか変なこと言った？」

「な、なんでもないですよ！　こ、こっちです！」

見間違いようもなく顔を赤らめた千穂《ちほ》は、自分の顔をぺちぺちと叩《たた》きながら廊下を進んでいってしまう。

「お、おい待ってくれ！　置いてかれたら迷子になる！」

「……そんなわけないだろ」

「魔王様……さすがに、佐々木《ささき》さんに今の発言は……」

「あら？　真奥《まおう》さん達まだそんなところにいたの？」

千穂《ちほ》が廊下の先に消えてしまった瞬間《しゅんかん》に、背後の玄関から里穂《りほ》の声がかかる。

どうやら真奥《まおう》達が廊下で勝手に圧倒されている間に、もう車を置いてきたようだ。

「あ、す、すいません」

「いいんだけど、皆が真奥《まおう》さん達が来たこと知ってそろそろ戻ってくるだろうからちょっと急いでね。今表でカズ君にも会ったし」

「は、はい、おーいちーちゃん待ってくれ！」

「う、漆原《うるしはら》、早くしろ！」

「ぐずぐずしてたのはどっちだよ……」

廊下を曲がった先にようやく階段が現れ、その下で千穂《ちほ》が赤い顔をしながら待っていた。

だがこの廊下にもまだ先があり、ふと真奥《まおう》は思う。

これだけ広い家である。

長野の佐々木《ささき》家には、一体何人の人間がいるのだろうか。

千穂《ちほ》の先導で階段を上がった先はまた長い廊下であり、千穂《ちほ》が開いた襖《ふすま》の部屋は、

「……魔王城の、倍あるな」

更に六畳の二間をぶち抜いた、三人では持て余しそうな程に立派な客間だった。


先ほど千穂《ちほ》の従兄弟《いとこ》である一馬《かずま》が出てきた部屋の向かいは、古式ゆかしい茶の間だった。

千穂《ちほ》に案内され、真奥《まおう》達は一礼して茶の間に入る。

そこには里穂《りほ》と、由美子《ゆみこ》と一馬《かずま》と、千穂《ちほ》の父に似ている中年の男性、そして、

「あれ⁉　お婆《ばあ》ちゃん⁉」

小柄な老婆が座っていた。

千穂《ちほ》は長卓の正面に座っていた老婆の姿を見て大声を上げる。

「怪我《けが》して入院したんじゃなかったの⁉」

「入院はしたんだ、一応」

一馬《かずま》が老婆の隣で肩を竦《すく》める。

千穂《ちほ》や一馬《かずま》の様子からいって、この老婆《ろうば》が千穂《ちほ》の祖母に当たる人なのだろう。

ということは、一馬《かずま》と同じく苦虫を嚙《か》み潰《つぶ》しているような表情の男性が、千穂《ちほ》の伯父《おじ》の万治《まんじ》のはずだ。

「したんだが……」

「へぇバカってぇ。あんなもん怪我《けが》のうちに入らん」

千穂《ちほ》の祖母は軽い口調でそう言った。

「え、でも、イノシシか何かに体当たりされたって……」

「されとらんぜ?」

「ええ?」

事前に聞いていた話と祖母の言うことが食い違って首を傾《かし》げる千穂《ちほ》。

「まぁとにかく座れ。ええ、真奥《まおう》さんに芦屋《あしや》さんに漆原《うるしはら》さんだったかな、皆さんもそちらに」

一馬《かずま》に促《うなが》されて、魔王城のカジュアルコタツとは存在感からして違う、力強い拵《こしら》えの長卓につく千穂《ちほ》と真奥《まおう》達。

「この度は無茶を聞いてもらって、本当にありがとう」

丁度真奥《まおう》の正面に座っていた中年の男性が、小さく頭を下げる。

「俺が千穂《ちほ》の伯父《おじ》の万治《まんじ》だ。名ばかりだけぇど、佐々木《ささき》の家の社長をやってます」

初老に差し掛かって尚頑健《なおがんけん》そうな肉体を持つ万治《まんじ》は、家族達を見回しながら言う。

「そんでそっちのが、うちの長男で現場を取りまわしてる責任者の一馬《かずま》。俺の嫁の由美子《ゆみこ》と、俺のお袋のエイです」

「真奥貞夫《まおうさだお》です、こっちは芦屋《あしや》と、漆原《うるしはら》。今日から、お世話になります」

魔王城側は真奥《まおう》が代表して部下二人を紹介し、芦屋《あしや》と漆原《うるしはら》も頭を下げる。

「そ、それであの、お婆《ばあ》ちゃん、本当に大丈夫なの？」

とりあえずの面通しが済むと、千穂《ちほ》は我慢《がまん》できない様子で身を乗り出した。

千穂《ちほ》としては祖母の無事が喜ばしいことだけれども不思議でもあるらしい。

「まぁかいつまんで言うとだ。婆《ばあ》ちゃん、畑でイノシシと遭遇したのは間違いないんだが、体当たりされたんじゃなくて、イノシシの突撃を避《よ》けて転んだだけなのえ。それで一応検査を受けさせにゃって医者連れてったっちゅーことで」

「え」

万治《まんじ》の解説に、千穂《ちほ》は目を丸くする。

「俺ぁだからはじめっからそう言っとるに」

祖母のエイは不満げな様子で息子を見るが、

「言っても婆《ばあ》ちゃん、もう年ずら」

孫の一馬《かずま》に窘《たしな》めるように言われて、とりあえず黙《だま》るエイ。

千穂《ちほ》は謎《なぞ》が解けて複雑な顔で頷《うなず》く。

「そ、そうなんだ。大したことないなら良かったけど……」

「大したことあった方がええのよ。それで帰ってきたその日にもう畑に出とっちゃこっちは心配でしゃあねぇ」

万治《まんじ》も呆《あき》れたように言う。

万治《まんじ》も一馬《かずま》も、真奥《まおう》に馴染《なじ》みの無い方言で喋《しゃべ》るせいで、ともすればエイを疎《うと》ましく思っているようにも聞こえるが、表情を見ていれば本気で祖母に静養していてほしいという心持ちは手に取るように分かる。

「ま、まぁでも今日からしばらくは肉体労働は俺達がしますから、お婆《ばあ》さんには休んでてもらって……」

完全に身内話が進行する流れを読んだ真奥《まおう》は、とりあえず口を挟《はさ》んで流れをこちらに戻す。

「っとそうそう、千一《せんいち》や里穂《りほ》さんが紹介してくれた人を疑うわけじゃねぇけども、きつい時は本当にきついが、大丈夫か？」

はっと顔を上げた万治《まんじ》が、確かめるように真奥《まおう》に尋《たず》ねる。

「僕はあんまり自信な……って！」

早速怖気《おじけ》づいている漆原《うるしはら》の一言は、芦屋《あしや》が腕を抓《つね》って封じ込める。

「単純な体力だけならば、人並み以上にはあるつもりでおります。専門的な作業となるといささか自信はありませんが……」

芦屋《あしや》の言葉に一馬《かずま》が首を横に振る。

「いや、そんな難しいことはさせない。ただとにかく収穫やら草取りやらの単純作業が、今いる人数じゃとてもおっつかないんだ。やってほしいことは全部こっちが指示して一から教えるし、そんな複雑なこともないからそこは心配しないで」

一馬《かずま》は立ち上がると、今の壁に掲げられているカレンダーに歩み寄る。

「日数も、そんなに拘束はしない。五日後にはなんとか農協の方から人を都合してもらえるようになったから、慣れない仕事で手間だろうが、四日間だけよろしく頼みたい」

真奥《まおう》達にしてみれば別にマグロナルドが再開するまでいても構わないのだが、元々期間は長くないと言われていたのでそこは素直に頷《うなず》く。

「本当にギリギリだったんだ。明日にはもう、かなりの数の茄子《なす》やキュウリがいい大きさになっちまう。今日はこのあと俺の嫁に畑の様子だけ案内させるから」

「そういえば一馬《かずま》兄ちゃん、陽奈子《ひなこ》姉ちゃんとひー君は？」

千穂《ちほ》が一馬《かずま》の『嫁』という言葉に反応して、思わず周囲を見回す。

「あ、陽奈子《ひなこ》姉ちゃんとひー君……一志《ひとし》君っていうのは、一馬《かずま》兄ちゃんの奥さんと息子さんです」

「「……ああ！」」

千穂《ちほ》の言葉に、真奥《まおう》と芦屋《あしや》がなぜか大仰《おおぎょう》に頷《うなず》く。

そして二人揃《そろ》って一馬《かずま》に向き直ると、

「「その節はお世話になりました！」」

「は？　何が？」

一馬《かずま》はもちろん、他の面々も何がなんだか分からないだろう。

だが、真奥《まおう》と芦屋《あしや》にとって、一馬《かずま》の家族は遠い恩人と言わざるを得ない。

かつて真奥《まおう》と恵美《えみ》の『娘』であるアラス・ラムスが魔王城に来た当初、慣れない育児にてんてこ舞いの魔王城に一筋の道を指し示したのは、千穂《ちほ》の『従兄弟《いとこ》の子供』の世話をした経験だった。

それが無ければアラス・ラムスの世話はより困難を極めていただろうし、今の疑似親子ながら良好な関係を築くには至らなかったかもしれない。

「後でその一志《ひとし》君と奥さんにもお礼言っとかなきゃな」

「左様ですね」

「な、何かよく分からんが……」

真奥《まおう》と芦屋《あしや》の様子に戸惑う一馬《かずま》だが、軽く咳払《せきばら》いをすると最初の千穂《ちほ》の疑問に答える。

「陽奈子《ひなこ》は今、一志《ひとし》の予防接種に行ってる。もうすぐ帰ってくると思うけど」

「予防接種？」

「四種混合とかいうやつ。帰ってきたら、俺と親父《おやじ》はまた畑に出るから、悪いけど千穂《ちほ》、陽奈《ひな》子《こ》に真奥《まおう》さん達を案内してもらってる間、一志《ひとし》の面倒見ててくれるか？」

「分かった。任せて」

「やい千穂《ちほ》はまたいい女になったなぁ。里穂《りほ》さんも鼻が高いら！」

自信たっぷりに頷《うなず》いた千穂《ちほ》を、由美子《ゆみこ》が手放しで褒《ほ》める。

「そんなことないのよ義姉《ねえ》さん。なまじ外でアルバイトするようになった分、うちじゃあてんでね」

里穂《りほ》は苦笑して首を横に振る。

母がそう言うことは分かってはいたが、それでも微妙《びみょう》に面白くない千穂《ちほ》。

「そんなことはねぇら」

由美子《ゆみこ》はそれでも千穂《ちほ》を褒めようとするが、次の一言は千穂《ちほ》も、そして真奥《まおう》も予想だにしない爆弾だった。

「やい千穂《ちほ》、最近料理の腕も上げとるって聞いて、伯母《おば》さん楽しみにしとったのよ。真奥《まおう》さんのために作っとるで料理のレパートリーが増えたって言うじゃねぇか」

「え⁉　ちょ、ちょぉお母さん！　お、伯母《おば》さんに話したの⁉」

何故《なぜ》伯母《おば》が、千穂《ちほ》が真奥《まおう》の家に手料理を差し入れしていることを知っているのか。

これには千穂《ちほ》だけでなく、真奥《まおう》も芦屋《あしや》も漆原《うるしはら》も吹き出した。

「え？　お？　何？　真奥《まおう》さんは千穂《ちほ》のそういうことだったのか⁉」

一馬《かずま》も驚いたように、そして好奇心丸出しの顔で千穂《ちほ》と真奥《まおう》の顔を交互に見る。

「ちち違うってその、あの、違うけど違わなくなってほしいっていうかそのあの、でも今は別に一馬《かずま》兄ちゃんの想像してるようなことじゃあ痛っ!!」

千穂《ちほ》は慌《あわ》てて立ち上がろうとして、長卓に思いきり膝《ひざ》をぶつけてうめき声を上げる。

千穂《ちほ》は日頃から、真奥《まおう》との付き合いが不純なものでないことを証明する意味で、真奥《まおう》や魔王城の面々と過ごす間のことを、エンテ・イスラ絡《がら》みのこと以外は逐一《ちくいち》両親に報告している。

それでも、特定の男性に手料理を振る舞っているという事実を親戚とはいえ他人に漏《も》らされれば、それはもう気恥《きは》ずかしさがナイアガラの冷や汗となって、膝《ひざ》の痛みとの相乗効果で千穂《ちほ》の顔を真っ赤に染め上げる。

「あーごめん、話の流れでつい」

当の里穂《りほ》はまるで悪びれる様子も無く、むしろにやにやしながら娘が慌てふためく様子を見物している。

「つつつつついってお母さんっ!」

「だあって、千穂《ちほ》の紹介ってだけじゃ万治《まんじ》さんに納得してもらえないでしょうが。身元がはっきりしてて、きちんと仕事ができる人達で、千穂《ちほ》がとっても信頼してるってことを説明しなきゃと思ってー」

「ほー!　千穂《ちほ》が信頼してるかぁ。やるなぁ真奥《まおう》さん。こりゃあ夜は千穂《ちほ》とのことを肴《さかな》に一献《いっこん》傾けなきゃなぁ！」

「一馬《かずま》兄ちゃん！　だからそういうんじゃないんだったら!!」

「いや、その、あの、はあ」

真奥《まおう》もどう返していいものやら困るが、何を言っても地雷にしかならないような気がして、結局あいまいに唸《うな》って押し黙《だま》ってしまう。

「やい、まぁとにかくだ」

一挙に騒然《そうぜん》となった茶の間を、万治《まんじ》が家長として収めるのかと思いきや、

「千穂《ちほ》も、そういう年頃っちゅうことよ」

「伯父《おじ》さん!!!!」

いよいよ千穂《ちほ》の混乱の火に油を注ぎ込む。

「婆《ばあ》ちゃん曾孫《ひまご》は一志《ひとし》だけで手一杯だもんで、ちっと間を開けてくれよ」

そこに、先ほどから全く話に加わっていなかったくせに、きちんと流れを把握していたエイの一言がトドメとなって、

「わうううううう〜!!」

「お、おいちーちゃん!?」

真奥《まおう》が落ち着かせようとするが既に遅し。

千穂《ちほ》は羞恥《しゅうち》が臨界に達し、目を回して倒れてしまったのだった。

「確かこれって、マズいんじゃありませんでしたっけ？」

「大丈夫大丈夫！　どうせ全部うちの敷地だし！」

助手席に座る真奥《まおう》はそういう問題でもないと思うのだが、運転席でハンドルを握る女性は真《ま》奥《おう》の指摘にも特別何かを思う様子は無い。

「やー、帰ってきたら千穂《ちほ》ちゃんがぶっ倒れてるから何事かと思ったよー」

畑と畑の間の舗装されていない農道を、軽快に走り抜ける軽トラックを運転するのは、千穂《ちほ》が気絶した後に帰ってきた一馬《かずま》の妻、陽奈子《ひなこ》だった。

陽奈子《ひなこ》はアラス・ラムスと同じ年頃であろう男の子、一志《ひとし》を千穂《ちほ》に預けた後、さっと軽トラックを回してきて、真奥《まおう》達の案内役を一馬《かずま》に言われる前から買って出てくれた。

一つ問題があるとすれば、

「案外この方が車酔いしないかなー」

「わ、私はうっかり警察が通りがかって罰金を払わされるのではないかと思うと……」

芦屋《あしや》と漆原《うるしはら》が、荷台にいることだろうか。

漆原《うるしはら》は運転席の屋根の突起に摑《つか》まり立ちして前を見ているが、芦屋《あしや》は荷台で大きな体を精いっぱい縮《ちぢ》こまらせている。

その視界にあるのは、使い方の分からない道具が沢山《たくさん》入ったプラスチックケースと畳まれた緑色のシートだ。

「やー、それにしても本当ありがたいよー。男手三人分あれば、その分私達が別の作業したりぐっと時間が短縮できるしさー」

何かと礼が先行する佐々木《ささき》家だが、真奥《まおう》達としてはまだ何もしていないのに礼ばかり言われるとハードルの高さがめきめき上がっているようにしか思えない。

「あ、ここらでいいかな。止めるよ」

変化の無い畑の真ん中の道でトラックを止める陽奈子《ひなこ》。

元気な様子の漆原《うるしはら》と、逆に車酔いでもしたかのような芦屋《あしや》が荷台から降りてくる。

そこは、なだらかな斜面の丁度真ん中あたりに位置する場所だった。

「この時期は収穫するものの種類は多くないんだけど、何せ広いし機械が使えないものばっかだからね。一馬《かずま》がどれだけ真奥《まおう》さん達に頼むのか知らないけど、多分メインはあそこ」

陽奈子《ひなこ》が指さす先には、ビニールハウスが幾筋も並んでいるエリアがあった。

「あそこ、茄子《なす》作ってるんだ。で、その隣のハウスじゃないところでキュウリやってる」

「隣って……」

悪魔三人は、思わず顔を見合わせる。

隣、と陽奈子《ひなこ》は簡単に言うが、遠目に見てもそれは、笹塚《ささづか》で軽く一丁は歩くほどの距離があった。

そしてハウスの数も、その広大な畑を覆い尽《つ》くすように十棟あった。

茄子《なす》とキュウリを栽培しているというそれぞれの畑の面積は、土地を区切った部分まで全て含めると、ヴィラ・ローザ笹塚《ささづか》の敷地が軽く四つは入りそうな広さだ。

少し離れたこの距離から見てそう思うのだから、実際その場に立てばもっと広大に見えるのだろう。

「思ったより広くないっしょ？」

「コメントに、困りますね」

確かに、山一つ持っているらしい佐々木《ささき》家の畑としては、大規模なものではあるまい。

だが果たしてあの畑で自分達の作業量がどれほどのものになるか、経験の無い三人には全く分からないのだ。

「あー、でももしかしたら、誰かは下の畑のスイカの方かもなぁ。どっち優先かは悩むところだね」

「スイカ、ですか」

真奥《まおう》達の立っている位置からは、スイカ畑らしきものは見えない。

「ここからもうちょっと下った場所にあるんだ。あんまり林に近いとハクビシンとかにやられちゃうんだよね」

「ハクビシンって？」

動物の名前だろうか。漆原《うるしはら》が問うと、

「なんか体の長いネズミみたいなの。まぁ、もしかしたらどっかで出会うよ。そんなでっかい生き物じゃないし出会ったら向こうが逃げるから、そこは安心して」

エイのイノシシ騒動《そうどう》で実習生に逃げられたせいか、ハクビシンなる生き物のサイズを両手で指し示しながら、殊更《ことさら》に安全性を強調する陽奈子《ひなこ》。

「あ！　あそこ一馬《かずま》がいる！　おーい！」

そのとき陽奈子《ひなこ》は、ビニールハウスから出てきた人影に気づき、大きく手を振る。

遠目だがそれは確かに一馬《かずま》で、向こうも気づいてこちらに手を振り返してきた。

「やっぱとりあえず茄子《なす》っぽいね。スイカはあと一週間先ってとこだろうしな、うん」

陽奈子《ひなこ》は一人で納得すると、

「折角《せっかく》だから、ちょっと見てみようか？」

三人を促《うなが》してトラックに乗せると、細い農道を辿《たど》りながらビニールハウスの傍《そば》まで降りてくる。

「明日明後日《あさって》、やばいな」

こちらの動きに気づいていたらしい一馬《かずま》がハウスの前で待っていて、手にしている二、三本の茄子《なす》の中から一本を陽奈子《ひなこ》に差し出す。

「わ、本当だ」

陽奈子《ひなこ》は手渡された茄子《なす》をさっと眺《なが》める。

「真奥《まおう》さん芦屋《あしや》さん漆原《うるしはら》さん、多分明日は茄子《なす》にかかりっきりになってもらうことになりそうだ。場合によっては隣のキュウリもって感じだが、まずは茄子《なす》の収穫を優先で頼む。やり方は明日教えるよ。と言っても、手ごろな大きさのを見つけて鋏《はさみ》で切るだけだ、そんな難しいことは無いけどな」

「は、はい」

「分かりました」

真奥《まおう》と芦屋《あしや》は翌日の仕事の内容に目途がついてほっとするが、

「って、え？」

次の瞬間《しゅんかん》の一馬《かずま》と陽奈子《ひなこ》の行動に目を剥《む》いてしまう。

「さてどうするか、今日はこのあとスイカの方に案内して、軽く草取りだけやってもら……どうした？」

真奥《まおう》と芦屋《あしや》と、そして漆原《うるしはら》が自分の方を向いていないことに気づく一馬《かずま》。

三人の視線の先にあるのは。

「す、捨てた……？」

一馬《かずま》と陽奈子《ひなこ》が無造作に畑の隅の明らかに廃棄物入れと思《おぼ》しき箱に投げ捨てた、三本の茄子《なす》だった。

「え、あ、あれ、今の茄子《なす》、捨てちゃうんですか？」

「ん？　何が……ああ」

一馬《かずま》は最初、なんのことを言われているのか分からなかったようで、三人の視線を追ってようやく疑問に気づく。

「あんなもんは売れも食えもしないクズだ。いちいち拾ってたらえらいことになる」

一馬《かずま》は苦笑しながら廃棄物入れに捨てた茄子《なす》を拾い上げると、三人の目の前でくるくると回して見せた。

「……あ」

その茄子《なす》には、最初見たときには気づかなかった大きな傷が入っていた。

瘡蓋《かさぶた》のように乾いたそれは、確かに都市のスーパーでは見たことの無い状態だ。

「で、でも他のは……」

「こっちは色が死んでる。こっちは細すぎて中身が無い」

「そ、それはそうかもしれませんが……」

芦屋《あしや》はそれ以上続けられずに絶句する。

確かにもう一本の茄子《なす》は水分が抜けたようにひょろひょろで、もう一本は形は熟しているのに反った下側が真っ白だった。

だが、ニンジンのヘタや豆苗《とうみょう》を再利用して夕食を作る芦屋《あしや》にしてみれば、商品価値が無いだけで茄子《なす》としては普通に食べられるものとしか思えなかった。

日頃農家はより食べ物を大切にする人種なのだろうと想像していただけに、一馬《かずま》と陽奈子《ひなこ》の行動は魔王城の、特に芦屋《あしや》にとってはあまりにショッキングなものだった。

「あー、そういや里穂叔母《りほおば》さんに聞いたけど、真奥《まおう》さんちはえらく節約上手なんだって？」

そのとき、一馬《かずま》は何かに気づいて大きく手を打った。

「三人とも東京から来て、農家の仕事はこれが初めてなんだよな」

「そ、そうですけど」

「あー、そういう」

一馬《かずま》の言葉に、陽奈子《ひなこ》も何に気づいたものか、追憶するようにうんうんと頷《うなず》く。

「言ってなかったけど、私、実家が都内のサラリーマン家庭でさ」

陽奈子《ひなこ》は自分を指差して言う。

「大学進学で上京してきた一馬《かずま》と会って結婚してこっち来たんだけど、確かに私も最初はもったいねーっ！　って思ったよ。本当に最初だけね」

「……？」

陽奈子《ひなこ》の言わんとしていることが分からない真奥《まおう》達に、一馬《かずま》は重々しく言った。

「ま、明日んなりゃ分かるさ。とりあえず今日はこれから少しだけ、明日の予行演習的に仕事を頼もうか。陽奈子《ひなこ》。トラックに軍手あったか？」

「んー……あ、無いなあ。どっちにしてもこの天気で何かやってもらうなら、うちから水取ってこないと」

「じゃあ一旦帰って軍手とかタオルとか水持ってきて、下のスイカに案内したら、軽く草取りしてもらってくれ」

「了解！　三人とも、違ったって今更どうにもならないけど、靴《くつ》は汚れてもいい靴だね⁉」

それはこちらに来る前から何度も確認されていることなので、揃《そろ》って頷《うなず》く。

漆原《うるしはら》だけが、迫《せま》り来る労働の足音に若干《じゃっかん》表情が硬い。

「大丈夫大丈夫！　草取りだけであの重いスイカを皆に取ってもらうことはないから！」

そのスイカ畑の面積を、真奥《まおう》も芦屋《あしや》も漆原《うるしはら》も、怖くて聞くことができなかった。

そして。


「おーい、漆原《うるしはら》ー。生きてるかー」

「……」

「死んでるな。芦屋《あしや》……おい芦屋《あしや》？」

「……」

「……こっちもか。案外だらしねぇなぁ」

その日の夕暮れ。

陽奈子《ひなこ》の運転で家に戻った悪魔三人は、まさしく満身創痍《そうい》だった。

芦屋《あしや》と漆原《うるしはら》は畳に寝ころんだまま微動だにせず。

かく言う真奥《まおう》も柱に背を預けたまま、もらった麦茶のペットボトルを物憂《ものう》げに掴《つか》むだけ。

件《くだん》のスイカ畑は、さすがに作物そのものが大きいだけあって茄子《なす》とキュウリの畑を合わせたのと同じくらいの面積を誇《ほこ》っていた。

真奥《まおう》達の日にはスイカはまるまると成長していて都会のスーパーなら何千円もしそうな迫力を誇っていたが、プロに言わせるとあと数日は寝かせなければダメだという。

そして長野の佐々木《ささき》家での初日の仕事は、このスイカ畑の雑草取りだった。

蔓《つる》のある植物であるスイカ畑は、当たり前だが機械を用いての除草など不可能である。

除草剤の使用は佐々木《ささき》家の経営方針により最初から外されているらしく、主だった作物は病気予防の消毒を除けば全て無農薬化学肥料なしの有機栽培で育てられているらしい。

それだけに細かい畑のケアはかなりの部分、人力に頼らざるを得ない。

スイカが未だ生育途中であるため、蔓《つる》を踏《ふ》んで傷つけたりしないよう注意しながら行う畑の除草は、慣れない真奥《まおう》達には困難を極めた。

面積が広大であることと取り除く雑草の量も半端ではないので、日頃アパートや地域で行っ

ている除草作業のようにゴミ袋を抱《かか》えていちいち回収していては何日あっても終わらない。

腰をかがめて、根を張っている草を引き抜き、裏返して土の上に置くと、その上から根を踏み潰《つぶ》して日に当てる。

そうすると再び根付くことなく枯死《こし》するのだそうだ。

もちろん全ての雑草がそれで死ぬわけではなく、しぶとく生き残るもの、そのときに芽吹いていなかったもの、鳥や虫がよそから運んできた種などが芽吹いて、二、三日もすればまた新たな雑草が無数に顔を覗《のぞ》かせるので、それをまた定期的に除草する。

万治《まんじ》からの受け売り、と前置きしながら、

「農業の大部分は草との戦いなんだよ！」

と陽奈子《ひなこ》はのたまったものだ。

「……っつっても、確かに慣れない筋肉使ったらから、明日はきっついかもなぁ」

真奥《まおう》は立ち上がると、柔軟体操を始めて腰と足をほぐす。

実にヴィラ・ローザ笹塚《ささづか》の敷地の何倍もの面積のスイカ畑で、延々腰をかがめて除草作業をしていたため、負担がかかっていた筋肉が早くも悲鳴を上げはじめている。

漆原《うるしはら》などは途中もはや動いているのかいないのかすら分からない有様で、畑の中で倒れなかったのが不思議なほどだ。

大柄な芦屋《あしや》も延々中腰の姿勢は厳しかったようで、体力が回復してくる気配が無い。

「銭湯にでも行きたいとこだけど、さすがにそういうわけにもいかねえよなぁ」

風呂について説明を受けたわけではないが、住み込みである以上この家のどこかにある風呂を借りることになるのだろう。

いくら家が広大だからといって風呂が銭湯並みということはないだろうし、そもそも人様の家の風呂をそうそう長いこと占領できないだろうと憂鬱《ゆううつ》な気分になりかけた真奥《まおう》だが、

「真奥《まおう》さん、入って大丈夫ですか？」

ふと、襖《ふすま》の向こうから千穂《ちほ》の声がして真奥《まおう》は顔を上げる。

「どうした、ちーちゃん」

きしみ始めている体に鞭《むち》を打って入口の襖《ふすま》を開けると、

「あらら、ずいぶんお疲れみたいね」

最初に聞こえた声は、千穂《ちほ》ではなく里穂《りほ》のものだった。

そして若干《じゃっかん》母の陰に隠れるようならしくないことをしている千穂《ちほ》がいて、

「あっ……あの、一馬《かずま》兄ちゃんが真奥《まおう》さん達呼んでて」

真奥《まおう》と目が合うとその顔がさっと赤らむ。

その理由を問いただすほど真奥《まおう》も馬鹿ではないのでそのことはスルーして、

「一馬《かずま》さんが？　見ての通り芦屋《あしや》と漆原《うるしはら》死んでるけど、俺だけでいいかな」

「あ、できれば皆で……ご飯まで少し時間があるから、一馬《かずま》兄ちゃんが、皆さん疲れただろう

し、温泉に入りに行かないかって」

その言葉に、真奥《まおう》が目を見開いたのはもちろん、漁協の冷凍マグロよりも深い凍結状態に陥《おちい》っていた芦屋《あしや》と漆原《うるしはら》が、ものすごい勢いで顔を上げたのだった。


「へー！　随分綺麗《ずいぶんきれい》なのができたのねー！」

「去年里穂《りほ》叔母《おば》さん達が帰った後にできたんだ。まだ一年かそこら」

里穂《りほ》の感嘆《かんたん》の声に、一馬《かずま》が眉《まゆ》を上げる。

一馬《かずま》の運転するワゴン車で辿《たど》り着いたそこは、真新しい温泉付きホテルだった。

観光客が利用しやすいよう、温泉宿とビジネスホテルの中間のような作りをしていて、宿泊客以外にも有料で温泉を開放しているらしい。

その入湯料も笹塚《ささづか》の銭湯より少し高い程度で、広い風呂に入りたいと思っていた真奥《まおう》達にとってはまさしく僥倖《ぎょうこう》だった。

「うちの風呂に入ってもらったっていいんだけど、やっぱ狭いし気兼ねするかと思ってな」

駐車場に車を入れながら一馬《かずま》が言う。

「こっちだと金払ってもらうことになっちまうけど、その分広いし遠慮《えんりょ》もいらねぇから、明日からも来たくなったら言ってくれ」

見えた。

真奥《まおう》達としても願ってもないことで、一馬《かずま》の好意に思いきり甘えることを心に決める。

佐々木《ささき》家から車で二十分ほどの山にあるホテルの駐車場からは、駒ヶ根《こまがね》市街の明かりが遠く見えた。

駐車場にはタクシープールや循環バスのバス停も設《しつら》えられており、このホテルがそこそこ繁盛していることを物語っていた。

日帰り温泉客用の入り口で入湯料を先払いすると、太っ腹なことにバスタオルとフェイスタオルが一枚ずつ貸し出される。

一馬《かずま》は何度か来たことがあるらしく、どこに自動販売機があってどこにマッサージチェアがあってなどということを一通り説明してくれた。

「じゃあ里穂《りほ》叔母《おば》さんと千穂《ちほ》はそっちな。俺達はこっち。中に時計があるからそうだな、飯が遅くなると婆《ばあ》ちゃんがうるさいから、六時半になったらロビー集合な」

男湯と女湯が分かれる通路。

別料金で岩盤浴だのマッサージだのもやっているらしく、カウンターから軽くかかる声をいなして男女が別れようとしたその瞬間《しゅんかん》だった。

「うわわっ？」

千穂《ちほ》は、膝《ひざ》に何かがまとわりついてバランスを崩しそうになり、思わず声を上げた。

「ん？　どうした？」

背を向けていた真奥《まおう》達もそれに気づいて一瞬《いっしゅん》千穂《ちほ》を振り返る。

「え、あ……」

千穂《ちほ》は自分の足を力強くホールドしている存在に気づき、視線をそちらに向けて、

「あれえっ⁉」

素《す》っ頓狂《とんきょう》な声を上げてしまった。

湯上がりのツヤめく赤ちゃん肌で千穂《ちほ》の足をがっちり抱きしめている小さい小さい赤ん坊。

天の川を思わせる長い銀髪。

得意満面の笑《え》みで千穂《ちほ》を見上げる前髪には、一房の紫色。

「ちーねーちゃ！　みっけ！」

「あ、あ、アラス・ラムスちゃん⁉　な、なんで⁉」

「ぶふっ‼」

「なっ！」

「ええええっ⁉」

千穂《ちほ》の叫《さけ》びに反応したのは、当たり前だが悪魔三人である。

真奥《まおう》は吹き出し、芦屋《あしや》は硬直し、漆原《うるしはら》は警戒《けいかい》するように一歩後ずさる。

千穂《ちほ》の足に抱きついてにっこり笑っているのは、紛《まご》うことなく魔王と、そして勇者の『娘』であり、勇者の聖剣《せいけん》と融合した世界組成の宝珠《ほうじゅ》セフィラの化身、アラス・ラムスだった。

そしてアラス・ラムスがいるということは、

「ちょっとアラス・ラムス！　走ったら危ないわよ！」

「珍しいな、アラス・ラムスが勝手に。こらこら、誰かとぶつかったら危な……」

それを追ってくる人間は、当然そこにいなければおかしい。

ぱたぱたとスリッパを鳴らしながら、女湯に続く廊下を駆《か》けてきた二人こそ、

「ゆ、遊佐《ゆさ》さん！　鈴乃《すずの》さん!!」

遊佐恵美《ゆさえみ》と、鎌月鈴乃《かまづきすずの》以外の誰だというのだろうか。

二人ともいつもの私服と和服ではなく、ホテルのロゴが入った館内浴衣《ゆかた》を着用していた。

「あ、千穂《ちほ》ちゃん!?　なんでここに!?」

「そりゃこっちのセリフだっ!!」

アラス・ラムスの出現に驚く千穂《ちほ》や里穂《りほ》よりも、誰よりも早く真奥《まおう》が恵美《えみ》の言葉に反応し、千穂《ちほ》の前に滑り込むと恵美《えみ》に顔を近づける。

「ち、近いっ！　何よ魔王もいたの!?」

恵美《えみ》は恵美《えみ》で、千穂《ちほ》と出会ったことも意外なら真奥《まおう》がいることはもっと予想外だったらしく、必死の形相で迫《せま》る真奥《まおう》を見て思いきり顔を顰《しか》めた。

「ああどっかのタイミングで来るだろうたあ思ってたさ！　思ってたがお前何も初日の俺達がこれからゆっくり疲れを癒《いや》そうってその瞬間《しゅんかん》に現れなくたっていいだろうが！　せめて風呂

出てからにしろよ！　毎回毎回いいとこ泊まりやがって畜生《ちくしょう》！」

「な、なんの話よ！　ちょっとなんか汗臭い離れてっ‼」

まくし立てる真奥《まおう》を押しのけて恵美《えみ》は距離を取ろうとするが、真奥《まおう》はひるまない。

「汗臭いたぁなんだ汗臭いとは！　労働の証《あかし》だ！　汗は男の勲章《くんしょう》だ！」

「何言ってるのよバカじゃないの⁉　いいから離れて！　今お風呂あがったばっかりなんだから、アラス・ラムスにも近づかないで！」

あたり構わず言い争いを始める真奥《まおう》と恵美《えみ》。

「ま、真奥《まおう》さん？　その人達、知り合いか？」

真奥《まおう》と見知らぬ女性との唐突《とうとつ》な言い争いの驚きから回復した一馬《かずま》が後ろから真奥《まおう》に恐る恐る尋《たず》ねる。

が、真奥《まおう》も恵美《えみ》も当然というかなんというか、一馬《かずま》の言葉が耳に届いていない。

代わりに答えたのは里穂《りほ》だった。

「遊佐《ゆさ》さんと鎌月《かまづき》さん。二人とも真奥《まおう》さんと千穂《ちほ》のお友達よ」

「ちーちゃんはともかく、俺はこいつとは友達じゃないです！」

「えっと、つまりその、じゃあ一体どういう……」

真奥《まおう》と里穂《りほ》のやり取りで意味が分からない様子の一馬《かずま》は重ねて問う。

確かに真奥《まおう》は、恵美《えみ》の襲来を予言していた。

とはいえ、双方《そうほう》ともこんな唐突《とうとつ》な出会いがあるとは思っていなかったため、千穂《ちほ》も芦屋《あしや》も漆原《うるしはら》も、恵美《えみ》とアラス・ラムスのことを一馬《かずま》にどう説明すれば良いのか困ってしまう。

一方の鈴乃《すずの》は、千穂《ちほ》の母である里穂《りほ》の存在と、初対面の一馬《かずま》の存在がこの場面にどのような深刻な事態をもたらすか理解し、顔を青ざめさせた。

なぜなら、日本に来た当初のアラス・ラムスは魔王城に住む真奥《まおう》の親戚ということになっていて、その後恵美《えみ》に引き取られることになったのは、エンテ・イスラ絡《がら》みの事件で偶然が重なったためだからだ。

そんな真実を無暗《むやみ》に話すわけにはいかないし、第一信じてもらえるはずもない。

だが外から見れば真奥《まおう》の親戚の子を、なんの関係もないはずの恵美《えみ》が引き取って世話をしているようにしか見えない。

全く赤の他人相手なら、真奥《まおう》と恵美《えみ》が特別な関係、と出まかせを言って誤魔化《ごまか》せないことはないのだが、里穂《りほ》だけは別だ。

里穂《りほ》は娘の千穂《ちほ》が真奥《まおう》に思いを寄せていることや、真奥《まおう》と恵美《えみ》の日本人としての距離感も知っている。

そんな里穂《りほ》に、真奥《まおう》と恵美《えみ》が疑似的であれアラス・ラムスを挟《はさ》んで特別な関係であるなどという話を容認しろという方が無茶だろう。

とはいえ他のうまい言い訳も思い浮かばぬまま、事情をきちんと理解している者達が手をこまねいている間に、全てを手遅れにする爆弾が千穂《ちほ》の足元で炸裂《さくれつ》する。

「まま、まま！　ぱぱともっかいおふろ！　ざぶーん！」

アラス・ラムスが恵美《えみ》の足元に戻ると、恵美《えみ》の浴衣《ゆかた》の裾《すそ》を引っ張りながら真奥《まおう》を指さしてそう言ったのだ。

「まま……ぱぱ⁉」

一馬《かずま》が恵美《えみ》と真奥《まおう》を見比べながらその言葉の意味を正確に理解して、

「ああ、じゃあこの子がアラス・ラムスちゃんね？　でもあれ？　遊佐《ゆさ》さんがママって……ねえ千穂《ちほ》、あの子、真奥《まおう》さんの親戚じゃなかったっけ？」

里穂《りほ》がアラス・ラムスの表向きの立場を思い出した瞬間《しゅんかん》、千穂《ちほ》と鈴乃《すずの》と芦屋《あしや》と漆原《うるしはら》は、信義則と社会常識に基づく複雑な修羅場《しゅらば》の到来を予感し、硬直したのだった。

勇者、伝説となる

夜の九時。

一馬《かずま》を始め佐々木《ささき》家の全員が寝静まってしまい、芦屋《あしや》も漆原《うるしはら》も、慣れぬ力仕事と温泉でのリラックス効果と、用意された布団の寝心地故《ゆえ》か、二間続きの奥の部屋でさっさと就寝してしまった。

だが真奥《まおう》だけは、ぶち抜かれた部屋の間の襖《ふすま》を閉め、寝ている芦屋《あしや》と漆原《うるしはら》を起こさないように用心しながら廊下側の部屋で声を顰《ひそ》めて電話をかけはじめた。

『……もしもし』

何コールかした後、極めて不機嫌《ふきげん》そうな抑えた声が応答し、真奥《まおう》はそれに負けじと低い不機《ふき》嫌《げん》な声で応戦した。

「……おい恵美《えみ》てめぇ、どういうつもりだ」

『……何よこんな時間に。携帯の音でアラス・ラムスが起きちゃうでしょ』

電話を取ったのは恵美《えみ》だ。

『……ベル、ちょっとゴメン、魔王が……うん、鍵《かぎ》は持ってく…………で、何⁉』

「うおっ！」

ホテルの部屋から出たのだろうか。

電話の向こうでガサゴソとしたやり取りがあったと思ったら、急に喧嘩《けんか》腰の大声が飛び出てきて真奥《まおう》は軽く腰を浮かしてしまう。

「な、何じゃねぇよ！　そっちこそなんだよ！　どういうつもりだ一体！」

『どういうつもりもないわよ。千穂《ちほ》ちゃんのおうちの人にお世話になってるのは私達も一緒《いっしょ》だし、こんなときくらいしか恩返しはできないでしょ？　それに慣れない農業でバタバタしてるあなた達の負担を軽減してあげるのに、なんで文句を言いたそうなのかしら？』

「ちーちゃんち云々《うんぬん》はともかく後半はそれお前ぜってぇ本心で言ってねぇだろ」

しゃあしゃあと言ってのける恵美《えみ》に、真奥《まおう》は見えないと分かっていても歯を剝《む》き出しにして威嚇《いかく》をせざるを得なかった。

※

ホテルでの予期せぬ遭遇の後、真奥《まおう》は魔界を支配した精神力と知力をフル活用して、主に里《り》穂《ほ》相手に、必死の弁明を行った。

曰《いわ》く、千穂《ちほ》だけでなく隣人の誼《よしみ》もあって鈴乃《すずの》もアラス・ラムスの世話にはずっと協力してくれている。

今回駒ヶ根《こまがね》の佐々木《ささき》家に来るにあたり、里穂《りほ》や佐々木《ささき》家に気を使わせないように、アラス・ラムスを鈴乃《すずの》に預けた。

だが、時折鈴乃《すずの》の所に遊びに来る恵美《えみ》がアラス・ラムスの母親に似ていて、アラス・ラムスが勘違いをして懐《なつ》いてしまった。

ここで真奥《まおう》は、話を鈴乃《すずの》にバトンタッチする。

鈴乃《すずの》が引き継いで言うには、預かったはいいものの、日本での父親役の真奥《まおう》を恋しがってアラス・ラムスがぐずり出してしまった。

自分や恵美《えみ》ではその寂しさを紛《まぎ》らわすことができない。

なので結局迷惑にはなるが、どこかで顔を見せることができればと思い、観光がてら連れてきた。

以上の話を、なんの打ち合わせもないまま瞬時《しゅんじ》に構築した。

その話を聞いた里穂《りほ》の反応は、

「親の顔を忘れちゃうほど放りっぱなしってのは問題ねぇ。人のおうちの事情にとやかく言いたくないけど、真奥《まおう》さんも一度その親戚にビシっと言ってあげたほうがいいんじゃない？」

存在しない真奥《まおう》の親戚に対する苦言と、

「子供に負担をかけるくらいなら、最初から連れてきなさい」

というお叱《しか》りだった。

最初から連れてくることは恵美《えみ》とアラス・ラムスの特殊な関係上不可能だったのだが、それを言ったところで始まらない。

ともかく真奥《まおう》や、真奥《まおう》を慕《した》う千穂《ちほ》の株が急落することだけは避けられた。

「俺の学生時代の友達も丁度会社が忙しくなる年齢だし、色々四苦八苦して子供と生活してるけど、皆一回は子供に顔忘れられたって言って泣いてるしなぁ」

一馬《かずま》の働く男性サイドからのしみじみとしたフォローも、僅《わず》かながら効いたと思われる。

とにかく社会的な立場の維持になんとか成功した真奥《まおう》達。

そこまでは、まぁ良かったのである。

恵美《えみ》が余計なことを言い出さなければ。

「あの……一馬《かずま》さん」

「ん？」

「初対面で、しかもお見苦しいところを見せて、こんなことをお願いするのは本当に不躾《ぶしつけ》なんですけれども……」

恵美《えみ》はすっと社会人の顔になって一馬《かずま》に向き直る。

その瞬間、なぜか真奥《まおう》は、嫌《いや》な予感を覚えた。

「遊佐《ゆさ》さん？」

ずっと息を潜めて成り行きを見守っていた千穂《ちほ》も、恵美《えみ》がなんらかのアクションを起こそうとしていることを察する。

「お願い？　なんだろうか」

「鈴乃《すずの》が千穂《ちほ》ちゃんから聞いたことの又聞きではあるんですけど、この時期に予定していたアルバイトの人数は、六人だったんですよね？」

細かいことを指折り確認する恵美《えみ》に、一馬《かずま》は頷《うなず》く。

「そうだが」

意を決した恵美《えみ》の口から放たれたのは、誰もが予想できない一言だった。

「私と鈴乃《すずの》を、真奥《まおう》達と一緒《いっしょ》に雇っていただけませんか？　私の実家は小麦農家です。規模は小さいですが野菜や家畜を扱った経験もありますから、真奥《まおう》達よりは最初からお役に立てると思います」

※

『ふん、一馬《かずま》さんから、お宅の駄元帥《だげんすい》がほんの二、三時間草取りしただけでグロッキーになったって聞いたけど？』

「一馬《かずま》さんそんな悪意のある言い方してねぇだろ……」

恵美《えみ》の申し出は確かに唐突《とうとつ》ではあった。

しかし佐々木《ささき》家にとっては更なる労働力の出現は願ってもないことで、一馬《かずま》は即座にホテルのロビーで簡単な面接を行い、真奥《まおう》達が手の出しようの無い場所で、あれよあれよという間に恵美《えみ》と鈴乃《すずの》の短期採用が決まってしまった。

期間は真奥《まおう》達と同じ日数。

そのこともあってホテルで結構な時間を過ごしてしまい、結局真奥《まおう》達の駒ヶ根《こまがね》初日の夕食はホテルのレストランで食べることになってしまった。

一馬《かずま》は予想外の労働力の確保に上機嫌《じょうきげん》だったが、真奥《まおう》は終始機嫌《きげん》が悪く、アラス・ラムスは『両親』に挟《はさ》まれてのお子様ランチとコーンスープにご満悦。恵美《えみ》は何を考えているのか一馬《かず》と随分《ずいぶん》話が弾《はず》んでいて、千穂《ちほ》は不機嫌《ふきげん》そうな真奥《まおう》を心配げに見て、やきもきする千穂《ちほ》に声をかけた鈴乃《すずの》が、何を考えたか二人連れ立ってしばらく場を離れ、里穂《りほ》は娘の落ち着かなげな様子をどこか面白がっていて、芦屋《あしや》はあえて一馬《かずま》の隣に座ることで、なんとか場の空気が険悪にならないよう気を回し、漆原《うるしはら》は一人でマイペースに食事を進める。

結局真奥《まおう》は、広い温泉でゆっくり一日の疲れを癒《いや》すはずが、もっととんでもない疲労を背負って帰ってくることになってしまったのだ。

「とにかく俺達から目を放したくねぇのは分かるが、それにしたって限度ってもんがあんだろうが。大体……おい、恵美《えみ》？　聞いてんのか」

『……』

突然向こうが黙《だま》ってしまって眉根《まゆね》を寄せる真奥《まおう》。

『……どういうつもりであなた達がこの仕事を受けたのか知らないけど』

「あ？」

『とりあえず、農業ナメないことね。それじゃ、明日朝早いから、もう寝るわ』

「え？　なんだよおい恵美《えみ》……っ！　……切れた」

固定電話であれば受話器を叩《たた》きつけるような空気で恵美《えみ》は一方的に電話を切った。

「な、なんなんだよあいつ……ん？」

イライラして頭を掻《か》く真奥《まおう》だが、ふと襖《ふすま》を叩く音がして顔を上げた。

「真奥《まおう》さん」

千穂《ちほ》の声だ。真奥《まおう》ははっとして手の中の携帯電話を見る。

最初は声を潜めていたが、結局恵美《えみ》と大声でやり合ってしまった。

ここはヴィラ・ローザ笹塚《ささづか》の魔王城ではなく駒ヶ根《こまがね》の佐々木《ささき》家。既に寝静まっている家人に迷惑だっただろうか。

「わ、わりぃちーちゃん。騒《さわ》がしかったか？」

「え？　あ、いえ、何も。何かしてたんですか？」

襖《ふすま》の向こうの千穂《ちほ》が首を傾《かし》げる気配。

「いや、ちょっと恵美《えみ》に抗議の電話をな。で、ちーちゃんなんか用……ん？」

真奥《まおう》は立ち上がって襖《ふすま》を開けようとするが、開かない。

「ん？　ちーちゃん？」

軽く力を入れると、どうやら向こう側から押さえられているらしいということが分かる。

そうすると当然襖《ふすま》を押さえているのは千穂《ちほ》しかいないわけだが……。

「す、すいません、考えてみるとまだ心の準備が……」

「は？」

用があって来たのだろうに、心の準備もクソもないものだ。

「すー……はー」

深呼吸をする気配。一体なんだというのだろう。

「ど、どうぞ」

ようやく千穂《ちほ》から声がかかる。

普通それは部屋の中にいる側が言うことだと思うが、変に間を持たされたことで、真奥《まおう》もそれなりの緊張感を持って襖《ふすま》を開く。

と、

「こ、こんばんは、真奥《まおう》さん……」

改まった挨拶《あいさつ》が、真奥《まおう》の顔より少し下から聞こえた。

電球の寿命か、くすんだ黄色い明かりが灯《とも》る廊下で落ち着かなげに立つ千穂《ちほ》の姿がそこにあった。

普段リボンやゴムなどで纏《まと》められている髪は前もサイドも下ろされて、いつも髪を纏《まと》めているヘアゴムはほっそりとした手首にある。

少し着古された感のあるゆったりしたTシャツ越しにも量感のある胸に、スウェット地のハーフパンツ。足は裸足《はだし》だ。

どこからどう見ても百パーセント『部屋着』と呼ぶにふさわしいスタイルである。

「おう、どうした？」

「ど、どうも……」

薄明かりの中のことで判然とはしないが、上目遣いの千穂《ちほ》は、少し顔を赤らめているようにも見える。

「で、どうした？」

真奥《まおう》は用があって訪ねてきたであろう千穂《ちほ》がなかなか用件を切り出さないので不思議に思いながら再度問いかける。

「……えっと」

千穂《ちほ》は千穂《ちほ》で、今の今まで顔を赤らめていたような気がするのだが、真奥《まおう》の反応に何か思うところがあったのか、一瞬《いっしゅん》顔が素の表情に戻り、そして言った。

「……す、すいませんこんな格好《かっこう》で来ちゃって」

「え？」

真奥《まおう》は今度ははっきりと首を傾《かし》げた。

もうあとは寝るだけなのだから部屋着であろうとなんの問題も無いし、第一真奥《まおう》だって下着でない、というだけで上はTシャツ一枚下もハーフパンツで裸足である。

千穂《ちほ》となんら変わるところは無く、故《ゆえ》に、

「いや別に。それで、何か用か？」

と、ごく自然に問い返していた。

「………………いえ、その、なんでもなくはないですけど、なんでもないです」

千穂《ちほ》に、一瞬《いっしゅん》落胆の色が見えた気がした。

「はぁ……それであの、遊佐《ゆさ》さんに電話って、お仕事のことですか？」

小さくため息をついた千穂《ちほ》は、気を取り直すように一つ頷《うなず》くと真奥《まおう》に尋《たず》ねる。

「まぁ仕事だな。あいつらの気持ちも分からんでもないけど、こんな押しかけみたいな真似《まね》して一馬《かずま》さん達に迷惑になってんじゃねぇかと思って文句言ってやろうと思ったんだが……」

「それは大丈夫だと思います。元々人は欲しかったたって言ってましたし」

「にしたってなぁ……」

真奥《まおう》は千穂《ちほ》からの伝聞では納得しきれないらしく、眉根《まゆね》を寄せる。

「別にわざわざ雇われなくたって、そんなに長くこっちにいるわけじゃないし、今までみたいに大人しくストーカーまがいに遠くから観察でもしててくれりゃいいと思うんだが」

「あはは……」

ストーカーという直接的な物言いに、千穂《ちほ》は苦笑する。

確かに嫌《いや》がる真奥《まおう》を追いかけて何かと付きまとっているのは恵美《えみ》の方で、これまでなら魔王と勇者の関係から納得できなくもない程度ではあったが、今回のことは今までの恵美《えみ》らしからぬ行動だとは千穂《ちほ》も感じていた。

だが一方で、今の千穂《ちほ》には一つ、思い当たる理由があった。

「で……その遊佐《ゆさ》さんのことでお話があるんですけど……」

「え？」

千穂《ちほ》は柔らかく微笑《ほほえ》むと、大きく息を吸って、そして、

「ちょ……ちょっと、お外に散歩に行きませんか？」

真奥《まおう》の手を取ろうとして、結局ためらって真奥《まおう》のTシャツを摑《つか》んで引っ張ってしまう千穂《ちほ》。

「ん？　んん？　まぁ、いいけど」

千穂《ちほ》からの唐突《とうとつ》な夜の散歩の誘い。

そしてそれは恵美《えみ》に関することだと言う。

真奥《まおう》はちょんと引っ張られたTシャツの裾《すそ》をちょっと見てから、

「いいよ。行こうか」

一つ頷《うなず》くと、そのあまりにかすかな力に引っ張られるようにして、部屋から出る。

「あ、で、でもそんな遠くまでは行かないですからね？　街灯ないですし……」

そういう問題でもない気がするが、先に立つ千穂《ちほ》の不思議な予防線に真奥《まおう》は頷き、そして、

「そういや……ちーちゃんのそういうラフな格好《かっこう》って、初めて見るかもな」

静かに階段を下りる千穂《ちほ》の背に、なんとなくそう声をかけた。

「……っ！」

階下に下りた千穂《ちほ》が、一瞬《いっしゅん》竦《すく》んだように止まる。

「髪下ろすのも可愛《かわい》いじゃん。たまにはそうしたらいいのに」

「そ、そういうものでもないんです！」

振り返った千穂《ちほ》はいつもよりずっと目を見開いて、まるで言い訳するように、それでもどこか嬉《うれ》しそうに、複雑に顔色を変えながら言うのだった。

「い、家の中だからできるんです。誰にでも見せられるような格好じゃないんですっ！」

そして慌《あわ》てながらも音を立てないように、そして真奥《まおう》から少しだけ距離を取るように早足で玄関に向かう。

「そ、そうなのか……」

田舎《いなか》のこととはいえこれから外に出るわけだし、誰にでも見せられないと言っておきながらすでに真奥《まおう》は見てしまっているのだが、それはいいのかという突っ込みは入れられそうにない。

夜だというのに鍵《かぎ》がかかってないどころか、ちょっと隙間《すきま》が空いていた玄関の引き戸をゆっくり開けて、千穂《ちほ》が夜の闇《やみ》へと出てゆく。

ちらちらと恥《は》ずかしそうに振り返る表情の意味を測りかねた真奥《まおう》は一定の距離を保ちながら、

千穂《ちほ》に従って表へと出た。

「おお……」

玄関の明かりの届かぬ先は、真の暗闇《くらやみ》に見えた。

だが、すぐに目が慣れてきて、うっすら青く夜の道の姿が浮かび上がってくる。

そして、

「真奥《まおう》さん、見てください！」

数歩先の暗闇《くらやみ》からかかる千穂《ちほ》の声は、真奥《まおう》の方ではなく夜の空に向いていた。

その声を追って顔を上げた真奥《まおう》は、

「おおおおお————……」

闇《やみ》を支配する、光の渦《うず》を見た。

夜の黒い帳《とばり》が、星々の明かりで藍色《あいいろ》にすら見える、満天の星空。

暗闇《くらやみ》に目が慣れてくるたびに、見える光の数が幾何級数的に増えてゆく。

眺《なが》め続けていればそのまま夜空が星で埋《う》め尽《つ》くされてしまうのではないかと思える程の光景だった。

「なんだか」

「真奥《まおう》さん？」

「……随分《ずいぶん》久しぶりに星空を見た気がする。なんでこんなに星が見えるんだ？　銚子《ちょうし》じゃこんなに見えなかったのに……」

「月の光じゃないでしょうか」

「月？」

「月の光が山の影になって全部はこっちに来ないから、その分いっぱい星が見えるんですよ。銚子《ちょうし》では月が明るく空を照らしてましたし、大体銚子《ちょうし》じゃゆっくり夜空を眺める暇も無かったですし」

「はは、そりゃそうだ」

ほんの少し前の出来事を思い出して、真奥《まおう》は苦笑する。

「お、なぁちーちゃんちーちゃん！　あ、あれ見ろあれ！」

「えっ⁉　ど、どうしたんですか⁉」

急に真奥《まおう》が緊迫した声を出して、千穂《ちほ》は身を竦《すく》ませる。

「ど、どれですか？」

「あ、あれだって、こっち来いよ、あれ！」

真奥《まおう》は余程興奮してるようで、

「え、あ、わっ」

千穂《ちほ》の手を摑《つか》むと自分の方に引き寄せる。

「まままっま真奥《まおう》さんあああの……」

「あれ！　ほらこっから真っ直《す》ぐ見えるあそこの赤い星！」

「は、はひいっ？」

引き寄せられて、ほとんど肩を抱かれる形になった千穂《ちほ》。背中に真奥《まおう》の体温が感じられて思わず血圧が上昇するが、なんとか真奥《まおう》の指さす方向に目を向ける。

「あの星変な動きしてねぇか」

「えぇあぇえあいいえ？」

沸騰《ふっとう》しそうになる頭の冷却処理が追いつかない千穂《ちほ》の目が捉《とら》えたのは……。

「ああ……」

「あれ、もしかしてUFOってやつか⁉」

少年のような期待を乗せた真奥《まおう》の言葉が耳をくすぐる。

その言葉を否定するのが、少々心苦しいほどに。

「真奥《まおう》さん、あれきっと、人工衛星です」

「……人工衛星？　あの、気象衛星とかそういう？」

「気象衛星かどうかは分かりませんけど、国際宇宙ステーションとかは肉眼でも見えるらしいですよ？　多分あれも、ちょっと低いところ飛んでる人工衛星の一つです……ひゃっ」

千穂《ちほ》の話の途中から、あからさまに落胆した様子の真奥《まおう》のため息が耳にかかり、千穂《ちほ》は思わず身を竦《すく》ませる。

「そっかー……それはそれでスゲェかもしれないけど、やっぱちょっと残念だな。ＵＦＯってやっぱいないのかな」

「そ、それは……」

ＵＦＯどころか、存在の珍しさで言うならエイリアンとだってタメを張れる異世界の魔王にそう尋《たず》ねられては、矮小《わいしょう》な一人の人間でしかない千穂《ちほ》にはなかなか回答が難しい。

「ゆ、ＵＦＯは分かりませんけど……」

「じゃあカッパは⁉　あれは日本産だろ？」

「知りませんよカッパの産地のことなんて！　もう……」

想像上の生物繋《つな》がりで、昼間のカッパ館のことを思い出したのだろうか。千穂《ちほ》だってあのカッパ館には入ったことが無いし、そもそもカッパについて深く考察したことなど無い。

千穂《ちほ》は真奥《まおう》と密着するほど接近しているにも関《かか》わらず、急に気持ちが冷静になる。

決して真奥《まおう》との距離感が劇的に縮《ちぢ》まるような過度の期待を抱《いだ》いてこそいなかったが、だからと言って満天に煌《きら》めく星空の下、想い人と二人きりで交わす話題がＵＦＯとカッパでは、気持ちのときめきようが無い。

ロマンのベクトルが、ＸＹＺ全ての軸に於《お》いて別方向に飛んでいってしまっている。

「……真奥《まおう》さん、遊佐《ゆさ》さんのことですけど」

このままでは何時《いつ》まで経ってもファンタジーな存在のファンタジーじみた想像が続きそうな

ので、千穂《ちほ》は今の魔王と女子高生の現実の話を持ち出した。

「お、そういや恵美《えみ》の話だったんだっけか」

真奥《まおう》もようやく、千穂《ちほ》の用事を思い出したようだ。

それでも真奥《まおう》は何を諦《あきら》められないのか、夜空のあちこちに視線を飛ばし続けている。

「遊佐《ゆさ》さんがどうして真奥《まおう》さん達と一緒《いっしょ》に佐々木《ささき》のおうちで働こうとしだしたのか、知りたいですか？」

「……ん」

真奥《まおう》は空を眺《なが》めたまま、肯定とも否定とも取れるあいまいな音を鳴らした。

「恵美《えみ》から聞いた……わけじゃないよな？」

「鈴乃《すずの》さんから聞きました」

ホテルでの食事の間、鈴乃《すずの》が千穂《ちほ》を連れて場を中座した瞬間《しゅんかん》があった。

「あいつも大概気にしいだな。まぁ、鈴乃《すずの》が直接俺に言えばカドが立つか」

「そうですね。そう言われました」

千穂《ちほ》は苦笑する。

「悪いな。俺達の脇《わき》が甘いせいで、いつも細々《こまごま》したとこでちーちゃんに頼りきりだ」

「その代わり私は毎日楽しいですし、そういうところで役に立てるのが嬉《うれ》しいですし、いざというときには命を守ってもらえてますから」

気にしていないし、真奥《まおう》達が気にすることではない、ということだろう。

真奥《まおう》はその言葉に甘え、無言で先を促《うなが》す。

「遊佐《ゆさ》さんは……真奥《まおう》さん、芦屋《あしや》さん、それに漆原《うるしはら》さんが、農業をやるのが複雑なんだそうです」

「……やっぱそういうことか」

千穂《ちほ》が託された真実は、それほど真奥《まおう》の予想を超えるものではなかった。

「気づいてたんですか？」

「いや、そこまで具体的に分かってたわけじゃないけど、今まで余程のことがなきゃ越えてこなかった一線を、最初から踏《ふ》み越えてきやがったからな。よっぽど気に食わないことがあるんだろうなとは思ったが」

真奥《まおう》は先ほどのホテルでの、恵美《えみ》と一馬《かずま》のやり取りを思い出す。

「さっき聞くまで忘れてたけど、あいつの実家って農家だったんだよな」

「……はい」

エンテ・イスラの西大陸。その片田舎《かたいなか》にあったという恵美《えみ》の、エミリア・ユスティーナの故郷。

決して恵美《えみ》から詳《くわ》しく聞いたわけではない。

だが、恵美《えみ》の故郷の思い出には、優しくたくましい父親がいたこと。

父と、その家業と、慎《つつ》ましやかな生活の全てを、恵美《えみ》が愛していたことくらいは真奥《まおう》も理解していた。

そして、その生活を破壊し恵美《えみ》の人生を狂わせたのが、自分達であることも。

「そりゃ気に食わないわけだ。あいつの農業生活踏み潰《つぶ》した俺達が、どの面《つら》下げて畑仕事するんだってなるわな」

「遊佐《ゆさ》さん、そう言ってたって鈴乃《すずの》さんが」

「気に食わねぇな。最近あいつのそういうとこが、簡単に想像つくようになっちまってる自分がとことん気に食わねぇ」

真剣に顔を顰《しか》める真奥《まおう》の横顔を見て、千穂《ちほ》はわざとらしく口を尖《とが》らせた。

「……ちょっとだけ、妬《や》けちゃいます」

「勘弁してくれよ」

恵美《えみ》の話になってから、真奥《まおう》はずっと遠くを見ている。

昼間はあんなに青々としていたアルプスの峰《みね》も、星空の下では黒い稜線《りょうせん》が大地に覆い被さる影のように見える。

真奥《まおう》の目は、山の闇《やみ》と、光る空の境目を見ていた。

「遊佐《ゆさ》さん、まだ気持ちの整理がつかないんだと思います」

「だろうな」

真奥《まおう》と千穂《ちほ》が思い出すのは、つい数日前の東京タワーでの出来事だった。

ただの女子高生のはずの千穂《ちほ》が、異世界の超常現象が飛び交う戦場に出てしまったあの事件。

そこで恵美《えみ》は、真奥《まおう》と自分の関係を決定的に変えてしまう真実を知ったのだ。

「でも、それはそれ、これはこれじゃねぇのか？　やっぱあいつ、どっかで俺達の邪魔《じゃま》できればそれでいいって思ってるフシあるぞ？」

「それはさすがに遊佐《ゆさ》さん本人じゃないと分かりませんけどね」

想像でしかないが、もちろん今までの恵美《えみ》の性格からいって、そういう側面があることは否定はできないだろう。

「何にせよ……明日から本気で面倒くさいことになりそうだな。経験者だとかエラそうなこと言ってるんだったら、一馬《かずま》さん、あいつらを俺達とは別んとこで使ってくれねぇかな」

「元々いなくなった実習生の人の穴埋めなんですから、難しいと思いますよ」

「だよなー。はぁ」

真奥《まおう》はようやくここで目線を落とした。

遠くを見ていたときに千穂《ちほ》が感じた、普段の真奥《まおう》と違う難しいことを考えている雰囲気《ふんいき》が消え、千穂《ちほ》が知るいつもの、飄々《ひょうひょう》とした真奥《まおう》が戻ってくる。

「真奥《まおう》さん」

「ん？」

「私……いつも考えてるんです。私の大好きな人達が、今からみんなで幸せになる方法は無いのかなって」

「無いんじゃねぇか？」

今はただ、不可思議な停滞が続いているだけだ。

真奥《まおう》が侵略者たる魔王で、恵美《えみ》が救世主たる勇者であった過去がどうにもならない以上、千《ち》穂《ほ》のその望みは叶《かな》えられることはないだろう。

真奥《まおう》は本心でそう思うからこそ、千《ち》穂《ほ》の幼い願いに即答する。

だが、そんな残酷《ざんこく》な答えにも関《かか》わらず、千《ち》穂《ほ》は真奥《まおう》の傍《そば》でくすくすと笑った。

「そんなところも、遊佐《ゆさ》さんとそっくりです」

「だから勘弁してくれってば」

「妬《や》けちゃいます」

千穂《ちほ》は悪戯《いたずら》っぽくそう言うと、ぱっと真奥《まおう》から離れて、歩き出す。

「ちーちゃん？」

「そろそろ戻らないと。お母さんと芦屋《あしや》さんが心配します。お散歩、付き合ってくれてありがとうございました」

元々、散歩というほど家から離れたわけでもない。

真奥《まおう》が返事できない間に千穂《ちほ》はさっさと家の中に入っていってしまった。

「本当に、周りの連中は芦屋《あしや》を俺のなんだと思ってんだ……」

真奥《まおう》は小さくぼやいて、もう一度だけ星空を振り仰《あお》いでから、ゆっくりとした足取りで家へと戻ったのだった。

※

翌朝、真奥《まおう》達が泊まる部屋の襖《ふすま》が、衝撃で崩壊するのではないかと思うほど暴力的な勢いで開かれた。

スパァンと、ライフルの狙撃《そげき》音の如《ごと》き甲高《かんだか》い襖《ふすま》の開閉音に、布団の中で熟睡していた真奥《まおう》と芦屋《あしや》と漆原《うるしはら》は、全身を痙攣《けいれん》させながら飛び起きる。

だが、衝撃はそれだけでは収まらなかった。

「一体いつまで寝てるの‼」

狙撃の犯人は、恵美《えみ》だった。

真奥《まおう》達はまるで状況を理解できないが、そこに立っているのは千穂《ちほ》でも一馬《かずま》でも、佐々木《ささき》家の誰でもなく、車で二十分のところにあるホテルに泊まっているはずの恵美《えみ》だった。

魔王や悪魔大元帥《だいげんすい》にとって、これほど心臓に悪い朝の目覚めは長い人生の中でも数えるほどしか無いだろう。

爆発と錯覚するほどの大音響に飛び起きると、そこに完全武装の勇者が仁王《におう》立ちで立っているのだから。

唯一《ゆいいつ》安心できることといえば、その完全武装が聖剣《せいけん》と鎧《よろい》と盾《たて》ではなく、長袖長ズボン、日よけのキャップと首にタオルというスタイルだということだろうか。

だが手には鎌《かま》のようなものを持っているのだから、全く油断はできない。

「な、な、え、エミリア!?」

「ふにゃ……ふぐ」

芦屋《あしや》は恵美《えみ》の姿を捉《とら》え、寝癖のついた寝起きの頭でふらふらしながら身構えるが、漆原《うるしはら》は驚きが一周回ってまた布団に倒れ込む。

「お、お前なんだよ!?　なんでここにいるんだよ!?」

ようやく意識がはっきりしてきた真奥《まおう》は、精いっぱいの虚勢で抗議する。

「あなた、昨日何を聞いてたの!?　私も今日からここで働くって言ったでしょ！」

「いやそりゃ聞いたが、だからってなんでお前が俺達を起こしに……っておい！　まだ四時半じゃねぇか！」

真奥《まおう》は枕元の携帯電話の時計を見て悲鳴を上げる。

夏のことなので既に空は白みはじめているが、午前四時半起床はいくらなんでも早すぎではないだろうか。

だがそんな真奥《まおう》の抗議を恵美《えみ》は鼻で笑って一蹴《いっしゅう》する。

「これでもギリギリまで寝かしてあげてるのに、何を甘いこと言ってるのかしら。千穂《ちほ》ちゃんと一志《ひとし》君とアラス・ラムス以外の人達は、もう起きて働いてるわよ」

「「え」」

「むにゃ……」

真奥《まおう》と芦屋《あしや》は揃《そろ》って間抜けな声を上げ、漆原《うるしはら》は布団の中でただ唸《うな》る。

「一馬《かずま》さんから今日の仕事の開始時間聞いてなかったの⁉」

「え、いや、朝早いとは聞いてたが、こんな時間から……？」

「今は夏なのよ！　当たり前でしょ！　ほらさっさと起きなさい！　もう下に朝ご飯できてるんだから！」

「な、夏ってなんだよ⁉　うわ、わわ、分かったからちょっと待てぇっ‼」

「ふぎゃっ！」

未練がましく布団の上から離れようとしない悪魔達に業を煮やした恵美《えみ》は、敷布団をわし摑《づか》みにすると、埃《ほこり》を払うように悪魔達を畳の上に放り出したのだった。


「あ、おはよー！　皆！」

鬼の形相の恵美《えみ》に急《せ》かされて、最低限の身だしなみだけ整えて階下に下り、台所の戸を開けると、味噌《みそ》汁のいい香りと共に陽奈子《ひなこ》の明るい声が飛んできて、

「起きたか貞夫《さだお》殿！　四郎《しろう》殿！　そら、二人とも空いてるところに座れ！」

ついでに鈴乃《すずの》のせわしない声が浴びせられる。

「お前は何をナチュラルに台所に交じってんだよ！」

既に卓には万治《まんじ》、由美子《ゆみこ》、一馬《かずま》、陽奈子《ひなこ》、そしてエイと里穂《りほ》の姿があって、なぜか鈴乃《すずの》が忙しくキッチンを動き回っているではないか。

「おお、真奥《まおう》さん達、早起きだな！　もうちょっと寝てても良かったんだが」

一馬《かずま》が真奥《まおう》と芦屋《あしや》に気づく。

「さすがに千穂《ちほ》が見込んでるだけあってやる気があるな」

万治《まんじ》は真奥《まおう》達の出現に満足げに頷《うなず》いている。

とても、恵美《えみ》に叩《たた》き起こされたとは言えないし、第一なんでこんな朝早くから恵美《えみ》と鈴乃《すずの》が当たり前のように佐々木《ささき》家に溶け込んでいるのか、まるで分からない。

だが、さっと食卓を見回して真奥《まおう》が思ったのは、恵美《えみ》に叩き起こされて正解だったということと、明日以降は自分の力であと十分は早く起きなければならないだろうということだ。

里穂《りほ》以外の全員が、恵美《えみ》と同じく今すぐ畑に出ていける完全武装なのである。

つまり、少なくとも全員が、四時半よりずっと早く起きて身だしなみを整えてこの場にいた

と判断せざるを得ない。

キッチンで朝食を作っている鈴乃《すずの》など、果たして何時からここにいたものやら。

「お、おはようございます……」

真奥《まおう》と芦屋《あしや》は言われた通りに空いている場所に座ると、そこに仲居さんよろしく三角巾と割《かっ》烹着《ぽうぎ》姿の鈴乃《すずの》が寄ってきて、山盛りの白米と味噌《みそ》汁を配膳してくれる。

「飯は重くしておいたぞ。たっぷり食べろ」

「あ、ああ……」

鈴乃《すずの》がヴィラ・ローザ笹塚《ささづか》にやってきた当初のように好意的に真奥《まおう》達に配膳してくれる姿に気味の悪いものを覚える。

「ところで一人足りないが、半蔵《はんぞう》殿はどうした」

鈴乃《すずの》はふと、漆原《うるしはら》の姿が見えないことに首を傾《かし》げるが、真奥《まおう》と芦屋《あしや》は揃《そろ》って天井を指差す。

「ん？」

鈴乃《すずの》がそれを追って天井を見上げると、電気の紐《ひも》がかすかに揺《ゆ》れているのに気づいた。

「漆原《うるしはら》が命知らずにも、布団にしがみついて頑として起きようとしねぇもんだから……」

一体今、二階ではどんな人外の戦いが繰り広げられているのだろう。

エンテ・イスラ西大陸、笹塚《ささづか》と続き、勇者エミリアと悪魔大元帥《だいげんすい》ルシフェルの三度目の決戦の場が、まさかの佐々木《ささき》家二階とは誰が想像しただろうか。

「やれやれだな」

鈴乃《すずの》は肩を竦《すく》めてため息をつくしかできない。

真奥《まおう》と芦屋《あしや》もそれは同じで、せめて仕事が始まるまでには漆原《うるしはら》が五体満足で起きることを願いながら箸《はし》とご飯茶碗《ぢゃわん》を手に取った。

「「いただきます……」」

そして炊《た》き立ての白米を口に運び、

「ん！」

「おお」

それぞれの口から、感嘆の声が漏《も》れる。

「美味《うま》い……」

研《と》ぎ澄まされた泉のような自然の甘い香りが、鼻腔《びこう》をくすぐる。

それでいて歯ごたえがあり、深い味わいが口いっぱいに広がった。

「こ、この米は一体……？」

今まで口にしたことの無い味わいと食べ応えに感銘《かんめい》を受けた芦屋《あしや》が、主夫らしく誰となく米について尋《たず》ねると、向かいに座っていた由美子《ゆみこ》から驚くべき一言が放たれた。

「悪いなぁ古い米で。あんま美味《うま》くねぇら」

「「え!?」」

本気で言っているのだろうか。少なくとも一年以上に及ぶ魔王城での生活で、これほど美味《うま》い米を真奥《まおう》も芦屋《あしや》も食べた覚えが無い。

「え？　古い米？　え？　そんな、めちゃくちゃ美味《うま》いですよ⁉」

「そうけ？　そう言ってもらえりゃ嬉《うれ》しいが」

だが由美子《ゆみこ》はどこまでも本気のようだ。顔を見合わせる真奥《まおう》と芦屋《あしや》に気づいた一馬《かずま》が補足する。

「この米は去年の米をうちで精米したものなんだ。去年は日本中で米が豊作で生産調整があって、えらい米が余っちまって、農協に引き取ってもらえなかったものの余りでな」

さらりと『うちで精米』と言われた。

「もうちょっと時期が遅かったら真奥《まおう》さん達にも美味《うま》い新米食べてもらえたんだけどな」

これが美味《うま》くないというレベルならば、その新米に至るとどんなことになってしまうのか、まるで見当がつかない。

「やい」

と、突然横合いから、奈良漬《ならづ》けにたくあん、梅しそ漬けに白菜の浅漬けなど、漬け物が山盛りになった鉢《はち》が真奥《まおう》と芦屋《あしや》の前に寄せられる。

「もっと食わにゃ、慣れねぇ野良《のら》はやってられんぜ。よく食ってくれよ？」

大儀そうにそう言うのは、エイだ。

「は、はい、いただきます」

恐縮しながらも、二人は漬け物の鉢に箸《はし》を伸ばす。

「う、美味《うま》いな」

「は、はい、こんな大きな漬け物食べたことがありません」

一切れ一切れが東京のスーパーで売っているものの何倍もあろうかという漬け物は、それだけで立派なおかずになった。

「やい、漬け物ばかりじゃ喉《のど》が渇くら。鈴乃《すずの》さん、悪いけぇど茶を持ってきてくれ」

万治《まんじ》が言うと、鈴乃《すずの》は薬缶《やかん》のようなサイズの急須とポットを担《かつ》いできて、真奥《まおう》と芦屋《あしや》に緑茶を出してくれた。

混乱はあったものの、美味《うま》い朝食のおかげですっかり目が覚めた二人。

「それじゃ、五時になったら出るから、真奥《まおう》さん達も準備を……」

一馬《かずま》の言葉で席を立とうとしたその瞬間《しゅんかん》、

「!!」

二階からの鈍《にぶ》く強い衝撃が家全体を揺《ゆ》らし、エイ以外の全員が一瞬《いっしゅん》天井を見た。

そしてしばらくして、

「ようやく起きたわ」

恵美《えみ》に引っ立てられるようにして漆原《うるしはら》が下りてきた。

目覚めるのを渋《しぶ》っていた漆原《うるしはら》に恵美《えみ》がどんな制裁を下したのか、真奥《まおう》と芦屋《あしや》は想像もできない。ただ、

「ゆ、遊佐《ゆさ》さん、明日からはもうちょっとお手柔らかに……」

後から現れた千穂《ちほ》の青ざめた顔と、恐怖に慄《おのの》き無言の漆原《うるしはら》が、その凄惨《せいさん》さを物語っていた。

「あー……寒っ！」

漆原《うるしはら》と恵美《えみ》が朝食を終えるのを待ってから表に出た真奥《まおう》は、再び鎌首《かまくび》をもたげる眠気を一《いっ》瞬《しゅん》で飛ばす外気温の低さに思わず声を上げる。

「今のうちさ。お昼前には、もう昨日くらい暑くなる。さ、乗ってくれ」

家の前には軽トラックが一台、ライトバンが一台、そして、真奥《まおう》達をここまで運んできた笹《ささ》塚《づか》の佐々木《ささき》家の車があった。

里穂《りほ》は、今日で一度笹塚《ささづか》に戻るのだ。

随分《ずいぶん》早い出発のような気もするが、エイが入院していないのなら里穂《りほ》にできることは無いし、渋滞《じゅうたい》が起こる前に帰ってもう一眠りするつもりなのだそうだ。

次は四日後、また真奥《まおう》達を迎えにやってくる手筈《てはず》になっている。

「それじゃ真奥《まおう》さん、芦屋《あしや》さん、漆原《うるしはら》さん、あと遊佐《ゆさ》さんと鎌月《かまづき》さんも、あとのこと、よろ

しくお願いしますね」

里穂《りほ》は帰る間際、真奥《まおう》達に頭を下げる。

「千穂《ちほ》は本当、いい友達を持ったわ」

「ど、どうも」

「こちらこそ」

真奥《まおう》はいささか歯切れが悪く、恵美《えみ》は如才《じょさい》なくお辞儀する。

「里穂《りほ》さん気をつけて帰ってくれよ」

由美子《ゆみこ》も表に出てきて里穂《りほ》を見送る。

「それじゃ申し訳ないけど私は一旦これで。あ、千穂《ちほ》」

「ん、何？」

里穂《りほ》は車のエンジンをかけると運転席の窓を開けて、娘を手招きし、耳を寄せさせる。

「真奥《まおう》さん達も慣れないお仕事するんだから、あんまり夜遅くまで引っ張り回すんじゃないわよ？」

「わうっ‼　お、お母さんっ⁉　お、起きてたの⁉」

未だ眠気が残る頭をハンマーで殴《なぐ》られたかのような衝撃。

千穂《ちほ》はささやき声ながらも母に摑《つか》みかからんばかりの勢いで窓から運転席に顔を突っ込む。

「母親の目を誤魔化《ごまか》せると思ったら大間違いよ」

どの程度娘に釘《くぎ》を刺したいのか分からないが、里穂《りほ》はにやりと笑うと、千穂《ちほ》の肩越しに見えた真奥《まおう》にウィンクして見せた。

「？」

会話が聞こえていない真奥《まおう》にはその意図が分からず首を傾《かし》げるが、もちろん千穂《ちほ》も里穂《りほ》もその疑問に答えるはずもない。

「それじゃね、また四日後に」

羞恥《しゅうち》で震える娘の顔を運転席から押し出すと、里穂《りほ》は窓を閉め、クラクションを一回鳴らしてから走り去った。

その姿が見えなくなっても固まりっぱなしの千穂《ちほ》。

心配にはなったが、なぜか今の千穂《ちほ》には触れてはいけない気がして、真奥《まおう》は、

「そ、それじゃあ俺達も行きましょうか」

とわざとらしく一馬《かずま》に話を振る。

「おう？　それじゃ行くか。皆、陽奈子《ひなこ》のバンに乗ってくれ」

今日は荷台に乗ることはなさそうだ。

軽トラックに一馬《かずま》と万治《まんじ》が連れ立って乗り、真奥《まおう》と芦屋《あしや》と漆原《うるしはら》、そして恵美《えみ》と鈴乃《すずの》が陽奈《ひな》子《こ》の運転するライトバンに乗る。

「いってらっしゃーい」

千穂《ちほ》は、この時点では留守番だ。

この後起きてくる一志《ひとし》とアラス・ラムスの面倒を見ることが主な仕事。

とはいえ、一志《ひとし》の世話は由美子《ゆみこ》かエイの方が慣れているので、実質千穂《ちほ》には特別な仕事は無いと言える。

軽トラックとライトバンが山の下の方の畑に向けて発進し、すぐに見えなくなると、

「やい千穂《ちほ》」

「なぁに？　伯母《おば》さん」

由美子《ゆみこ》が何やら神妙《しんみよう》な顔つきで、真奥《まおう》達が乗った陽奈子《ひなこ》のライトバンを目で追っていて、そして、

「遊佐《ゆさ》さんと、鎌月《かまづき》さんか？」

「え？」

「えらい美人だなぁ。真奥《まおう》さんも案外隅におけんで、千穂《ちほ》もうかうかしとれんら」

「…………へっ⁉」

一拍おいて、伯母《おば》が何を言いたいのか理解した千穂《ちほ》。これ以上赤くなりようがないというほどに、また顔を赤くする。

「伯母《おば》さんの贔屓目《ひいきめ》で千穂《ちほ》も負けんくらい美人だけども、ちょーっと真面目《まじめ》すぎて、遊佐《ゆさ》さん達みたいな強引さには欠けるからなぁ。しっかり食いついていかにゃ」

「な、なんの話ですかっ!!」

「あっはっは！　照れるな照れるな！」

千穂《ちほ》は冷たい外気の中で火照《ほて》る頰《ほほ》を押さえながら、その後しばらく必死に抗弁し続けた。

※

五分ほどの短いドライブの末に、軽トラックとライトバンは昨日真奥《まおう》達が見学した、茄子《なす》のビニールハウスに到着する。

「ほら！　皆起きた起きた！　仕事だよー！」

ライトバンを運転していた陽奈子《ひなこ》は、車内の五人が一言も口を開かなかったのを、単に目覚めていないと解釈したらしく、殊更《ことさら》明るく気合を入れるように全員の肩を叩《たた》いてゆく。

もちろん真奥《まおう》や恵美《えみ》達が一言もしゃべらなかったのは眠いからでもなんでもなく、単に押し込まれた席順の問題で真奥《まおう》と恵美《えみ》が隣り合ってしまい、その緊張感に芦屋《あしや》と漆原《うるしはら》と鈴乃《すずの》が押し黙《だま》ってしまったからなのだが。

「じゃ、皆これ持って！」

陽奈子《ひなこ》がライトバンのトランクから持ち出して全員に渡したのは、園芸用の鋏《はさみ》だった。

「皆、準備できた？」

そこに一馬《かずま》もやってきて、真奥《まおう》達を順繰りに見回す。

万治《まんじ》はというと、ビニールハウスの前で折り畳みのプラスチックケースらしきものをいくつも組み立てている。

「とりあえず朝のうちは、茄子《なす》と、それからキュウリを取る」

「え？　キュウリも？」

陽奈子《ひなこ》が意外そうに言うと、一馬《かずま》が頷《うなず》いた。

「やっぱやっちゃわないとダメだ。ヘチマになる」

「わー、マジかー」

佐々木《ささき》家の前線に立つ若夫婦の会話に不穏なものが混じる。

「昨日言った通り……ああ、遊佐《ゆさ》さんと鎌月《かまづき》さんにはついさっきだが、皆にやってもらうのは収穫だ。ついてきて」

一馬《かずま》に促《うなが》されて、悪魔と勇者と聖職者はぞろぞろとビニールハウスの中に入ってゆく。

「おー」

昨日は中まで入らなかったので、真奥《まおう》は初めて入るハウスの内部に感嘆《かんたん》の声を上げた。

白いビニールハウスの中は、整えられた畝《うね》に数えきれないほどの茄子《なす》の株が並んでいる畑であった。

「どこからか風が流れていますね」

芦屋《あしや》が何かに気づいて天井を見上げると、そこには大きな換気扇が一機回っていた。

確かによく注意すると、外は無風だったのにハウスの中はかすかに風が流れている。

「ああ、畑の向こう側まで行くと分かるが、このハウスの天井は水平じゃないんだ。ちょっと高低差があって、それでできた気圧差を換気扇で動かすと風が流れやすくなる。温度管理がしやすくなって、湿気も適度に流せるから病気が出にくくなるんだ」

「へぇ……考えられてるのね。でも、動力はどうしてるんですか？」

恵美《えみ》は質問しながらハウスの周囲を思い浮かべる。

換気扇そのものは家庭用と大差ない外見で、恐らく電気を動力源としている。

だが周囲に発電機のようなものは見当たらなかった気がするが……。

「ああ。ここじゃないけど、またちょっと上に行ったとこの土地を造成して、そこに太陽電池パネルを何機か置いてるんだ。山のこっち側の電気の供給元は、全部それ」

「太陽電池パネル!?」

予想していなかった答えに、全員が驚く。

「興味があるなら、後で連れてってやるよ。とりあえず今は急ぐから、その話は後でな」

一馬《かずま》は真奥《まおう》達の驚きに若干《じゃっかん》気を良くしたようだが、すぐに真面目《まじめ》な顔になって、手近な株に近づくと全員を手招きする。

一馬《かずま》の手には程良い大きさの茄子《なす》が握られており、そのヘタはまだ枝に繋《つな》がっている。

「ごく簡単な作業だ。これと同じくらいかそれ以上の大きさになってる茄子《なす》を、全部こうやってヘタから切ってくれ。小さいのはほっといていい」

言いながら一馬《かずま》は、鋏《はさみ》でさっと茄子《なす》のヘタもとを切る。

それでもう、日頃真奥《まおう》達がスーパーで見るのと変わらない、いつもの茄子《なす》の姿になる。

「親父《おやじ》がさっき組み立てたこの黄色い箱に入れてく。満杯になったら外のトラックに積み込んで、新しいケースをハウスの前から持ってきて、また入れていってくれ。何本か見本があった方がいいかな……」

一馬《かずま》は同じ株から、新たに五本、収穫時を迎えている実を切って五人に渡した。

「すまないが、今日は作業量が多い。チーム分けをして、全部のハウスをさっとさらっちまいたい」

見本の茄子《なす》を手渡してから、一馬《かずま》はもう一度、さっと五人を見回し、

「遊佐《ゆさ》さん、茄子《なす》を扱ったことは？」

「あります」

恵美《えみ》に問いかけ、恵美《えみ》は自信を持って頷《うなず》く。

チーム分けされる事実と、一馬《かずま》が恵美《えみ》に経験を確認したことで、真奥《まおう》はもはや予感というのも馬鹿馬鹿しいほどの確信に等しい嫌《いや》な予感を胸に抱《いだ》いた。

「それじゃあ、このハウスは芦屋《あしや》さんに頼む。親父《おやじ》も一緒《いっしょ》だから分からないことがあったら聞

いてくれ」

「了解しました」

「おーい、じゃあこっちから順にやってくぞ」

班分けされた芦屋《あしや》は、既に作業に入っている万治《まんじ》に呼ばれて、自分のケースを担《かつ》いでそちらに駆《か》けてゆく。

「鎌月《かまづき》さんは陽奈子《ひなこ》と一緒《いっしょ》にこっちの隣を」

「了解した。陽奈子《ひなこ》殿、よろしく頼む」

鈴乃《すずの》は素直に頷《うなず》くと陽奈子《ひなこ》に一礼する。

鈴乃《すずの》は一体どこで調達したのか、観光地の茶摘みや田植えなどに用いられる茜襷《あかねだすき》が眩《まぶ》しい農業用のかすりの着物を纏《まと》っていた。

「漆原《うるしはら》さんは俺と一緒《いっしょ》に反対側をやるぞ」

「…………はい」

漆原《うるしはら》は一番活動的と思われる一馬《かずま》と組まされ、若干《じゃっかん》顔をひきつらせつつなんとか頷《うなず》く。

真奥《まおう》や芦屋《あしや》と一緒《いっしょ》なら目を盗んでだらだらすることもできないではないが、一馬《かずま》相手ではそういうわけにはいかない。

そして当然の如《ごと》く、

「真奥《まおう》さんと遊佐《ゆさ》さんチームは、陽奈子《ひなこ》と鎌月《かまづき》さんのハウスのもう一個隣な。分からんことがあったら、すまんが俺か陽奈子《ひなこ》のとこまで来てくれ。それじゃあ、始めるぞ！」

「はい……」

「……はい」

真奥《まおう》と恵美《えみ》の返事は、一馬《かずま》の気合の声に掻《か》き消されたのだった。


「イテっ！」

真奥《まおう》は軍手の生地を突き抜けて指に刺さったトゲのダメージで、思わず声を上げる。

「……あー痛……刺さった」

ビニールハウスの中は、換気扇の音と、真奥《まおう》の独り言、そして、

「……」

恵美《えみ》が黙々《もくもく》と、茄子《なす》を切ってはケースに落とす音しか聞こえない。

真奥《まおう》は畝《うね》の向こう側の、枝葉の隙間《すきま》から時折覗《のぞ》く恵美《えみ》の頭を一瞬《いっしゅん》だけ見る。

普段だったら、

『茄子《なす》のヘタにトゲがあることも知らないの!?　アルシエルにばっかり家事を任せてるから、そういうことになるのよ』

くらいの嫌味《いやみ》を言ってきそうなものなのに、今は真奥《まおう》が何を言おうと何をしようと、恵美《えみ》は

なんの反応も示さない。

一度だけ、真奥《まおう》が見本の茄子《なす》より少し小振りな実を切ろうか切るまいか悩んだとき、

「切りなさい。じゃないと明日、もうダメになるわ」

と反対側からアドバイスを飛ばしてきたきりだ。

別に、これまでも恵美《えみ》と二人きりで仲良くお喋《しゃべ》りするような間柄では決してなかったが、こうもだんまりを決め込まれるとそれはそれで居心地が悪い。

当初、真奥《まおう》はこの収穫作業をナメていたところがあった。

初日に畑の広さに度肝を抜かれたものの、ハウスの中の畝《うね》はそこまで長大なわけではない。また全ての茄子《なす》を今日収穫するわけでもないと聞いていたので、この人数でかかれば二時間もあれば終わるだろうとタカをくっていた。

だが、実際にやってみると、一本目の畝《うね》を半分も行かないうちにプラスチックケースが一つ、満杯になってしまった。

ハウスの中には畝《うね》が三本あり、恵美《えみ》と二人で一つの畝《うね》に両側から取り組んでいるにも関《かか》わらずだ。

単純計算すれば、真奥《まおう》と恵美《えみ》のハウスだけで十二ケース分もの茄子《なす》を収穫することになる。

また、茄子《なす》はリンゴのように実を高い所につけているわけではない。

真奥《まおう》の身長とほぼ同じ高さの株の下の方に、葉に隠れていくつもの茄子《なす》が実を結んでいる。

しゃがんで、切って、立って、しゃがんで、切って、立ってと強制ヒンズースクワットを繰り返しながら作業をするため、真奥《まおう》は早くも先の体力に不安を感じはじめていた。

ついでに言えば、一馬《かずま》と一緒《いっしょ》にいる漆原《うるしはら》が途中で死なないかどうかも心配になっている。

「……う、汗が目に……」

次の株に取り組むべくしゃがんで顔を下に向けた瞬間《しゅんかん》、額《ひたい》に滲《にじ》む汗が目に流れ込んで真奥《まおう》はしばし瞑目《めいもく》する。

目をこすりたいところだが、既に軍手も軍手の下の手も土だらけだ。

「タオル」

「あ？　うおっ！」

痛みをこらえて薄く目を開けると、茄子《なす》の木の間から恵美《えみ》の腕がにょっきり生《は》えていて、その手にタオルが握られている。

「つ、使っていいのか？」

「私のじゃないわよ。私が持ってないんじゃないかって、陽奈子《ひなこ》さんが貸してくれたの。目に汗が入ったくらいで手止めてたら、とても間に合わないわよ」

「あ、ああ……すまん」

土だらけの軍手を外してから、取引先だろうか、青果店と思《おぼ》しき店舗名が入った洗い古された白いタオルを受け取り、目の周りを拭《ぬぐ》う。

「持っていいわよ。私は自分のがあるから。汗は額《ひたい》に巻いても流れてくるから、首にかけてシャツの襟の中にでも入れておきなさい」

「あ、ああ……」

真奥《まおう》は言われたように首にかけて、垂れ下がる端をシャツの中に入れる。

確かにそうするといざというときには顔を拭《ふ》けるし、下を向いても垂れ下がらないから作業の邪魔《じゃま》にもならない。

「千穂《ちほ》ちゃんのお母さんから、タオルを沢山《たくさん》持ってくるように言われなかったの？」

「……持ってきちゃいるが、今朝《けさ》は慌《あわ》ただしかったから忘れた」

ここ一時間ほどで初めて会話らしい会話。

恵美《えみ》の声にはところどころ、真奥《まおう》を揶揄《やゆ》するような雰囲気《ふんいき》があったが、それ自体はいつものことなので真奥《まおう》もとりあえず意識の外に置く。

「結構涼しいと思ってたが、こんな汗かくなんてな」

もともと高地であるところに持ってきて太陽が昇りきっていない早朝、かつハウスの中にはそこそこ風が流れているはずなのにこの有様である。

「あの駄天使《だてんし》、今頃死んでるかもね」

「それが一番心配だ」

やはり恵美《えみ》も、漆原《うるしはら》のことは気になっているようだ。

「涼しい、か……どうして、こんな朝早くから収穫するか、分かる？」

「え？」

真奥《まおう》のためらいがちな作業とは違い、恵美《えみ》の作業は軽快そのもの。

規則正しく聞こえてくる鋏《はさみ》の音はそのまま作業速度の違いを表すため、真奥《まおう》は恵美《えみ》に負けまいと、話をしつつも慌《あわ》てて次の茄子《なす》を探しはじめる。

「夏の野菜の収穫は、朝摘みが基本なのよ」

「あさづみ？」

「植物が日光を浴びて成長することくらいは知ってるでしょ」

「ああ」

「根は茎を、茎は葉と花と実を、そして花と実は種を育てるために成長する。そのために必要なのは十分な水と土壌と湿度と気温と日光。でも日光が無い間の実はどうしてると思う？」

「日光が無い間……？」

真奥《まおう》は丁度、手に取った茄子《なす》を眺《なが》めて恵美《えみ》の問いかけの意味を考える。

日光が当たらない間とは、つまり夕方から夜、そして今のような早朝の時間帯を指すのだろう。

「手、止まってるわよ」

「あ、ああ、悪い」

真奥《まおう》の鋏《はさみ》の音がしないのに気づいて、恵美《えみ》が注意する。

「……夜は日も当たらず気温も下がる。だから野菜はそれに備えて、自分が死なないために栄養を内側に溜《た》め込むのよ」

「栄養を溜《た》め込む？」

「そう。それが糖分だったり、デンプンだったり、ビタミンだったり……要するに、人間が摂取して美味《おい》しいと感じたり体に良かったりするものが、夜の間に精製されて蓄積される」

「おお、なるほど。つまり、朝に収穫すると、栄養が一番溜まった状態で収穫できるってことなのか」

「そういうことね」

「でも、これから太陽が昇って明るくなるし、気温も上がるよな。そしたらどうなるんだ？そのとき収穫すると、何が違うんだ？」

「今の話聞いてて、分からない？」

恵美《えみ》はわずかに呆《あき》れを含んだ声で言った。

「気温が上がって日光が供給されると、野菜は溜《た》め込んだ栄養を使って、成長を始めるわ」

「成長？」

「夜の間に溜《た》めた栄養と日光を使って自分を大きくするのよ。野菜だって生きてるの。それもこれも、子孫を残そうとする自然の行動よ。だから同じ日、同じ畑、同じ株から収穫しても、朝に収穫したものと午後に収穫したものでは驚くほど味が違うわ。トウモロコシなんかはその差が特に顕著ね」

「はぁ……なるほどなぁ。そりゃ早起きしなきゃならんわけだ。八時くらいにはもう暑くなりはじめるもんなぁ」

「そこを境にいきなり味が落ちはじめるわけでもないけどね。でも、隣のキュウリ畑に取りかかる必要があるなら、遅くとも八時半くらいまでには茄子《なす》を終わらせておきたいところね」

恵美《えみ》の言葉で、真奥《まおう》はポケットから携帯電話を取り出すと時計を見る。

仮に恵美《えみ》の言う通り茄子《なす》を八時半までに終わらせなければならないなら、あと二時間あるか無いかというところだ。

「ま、間に合うかな」

「さぁね」

恵美《えみ》の投げやりにも聞こえる返答。

だが真奥《まおう》は、あることを思いついて尋《たず》ねる。

「なぁ、でもさっきの話の通りなら、今日収穫しきれなくても、また明日の朝早く収穫すればいいんじゃねぇのか？」

一馬《かずま》は、小さい茄子《なす》は放置して良いと言っていた。

かといって放置した茄子《なす》をそのまま放置しっぱなしのはずがないので、収穫は何回かに分けて行われるのだろう。

そう考えてのことだったが、

「はぁ～～……」

茄子《なす》の枝葉の向こうから、完全に真奥《まおう》を馬鹿にしきったため息が漏《も》れてきた。

「な、なんだよっ！」

「……これ」

また先ほどと同じように枝葉の間から恵美《えみ》の腕が突き出てきた。

だが、その手に握られているのはタオルではない。

「な……なんだそりゃ」

それは、真奥《まおう》が見たこともないほど巨大な茄子《なす》だった。

一リットルの牛乳パック位ありそうな胴回りは、パンパンに膨《ふく》らんで今にも弾《はじ》けそうだ。

「言ったでしょ。野菜は成長するのよ」

「せ、成長……？」

「収穫時期の野菜っていうのは、野菜自身にとって一番コンディションがいい時期なのよ。ここから実が種を育てて次の世代に繋《つな》げようとするんだもの」

真奥《まおう》は思わず巨大茄子《なす》を受け取る。

それは握った手応えこそしっかりしているが、見た目の印象ほど重くはなかった。

そして皮の表面が、今まで収穫した普通の大きさのものと比べて、明らかに艶《つや》が無くくすんでいる。

「今日採り頃の野菜は、あと一日でも夏の陽差《ひざ》しと気温に当ててしまったら、一日二日で物凄《ものすご》い速度で成長してしまうの。そんなの、スーパーで見たことある？」

「……いや。じゃ、じゃあさっき一馬《かずま》さんが言ってた『ヘチマ』って」

「育ちすぎちゃったキュウリのことでしょうね。見たこと無いだろうけど、ウリ科の野菜はちょっと時期を逃すととんでもない大きさに膨《ふく》れ上がるのよ」

スーパーで購入できる大きさの野菜しか見たことの無い真奥《まおう》には、この巨大茄子《なす》も衝撃だし、ヘチマ大のキュウリなどもっと想像できない。

「そこまで大きく育っちゃうと商品としては完全に規格外だし、中身はスカスカ。もちろん美味《おい》しくなくなっちゃうわ。不揃《ふぞろ》い野菜としてだって、誰も買い取ってくれない。まぁ、エンテ・イスラではそういう収穫時期を逸した野菜も売りに出せば小銭程度にはなったけどね」

真奥《まおう》はそれを聞いて、思わず自分の足元にあるケースに収まった無数の茄子《なす》を見る。

「エンテ・イスラですら、そうなのよ。まして日本で今私達が採ってる数をその大きさにしたら、どれくらいの損害になると思う？」

「……えーっと」

この夏は野菜の値段が上がっているが、真奥《まおう》は頭の中で、スーパーでの小売価格を仮に一本五十円として計算してみる。

小売価格でそれなのだから、卸値はその半額と仮定して二十五円。

この一時間で真奥《まおう》一人が収穫した分だけでも軽く二百本は超えている。

恵美《えみ》も同じだとして、一つの畝《うね》の半分で四百本。残り全ての畝《うね》で同じだけの量を取れると仮定すると、真奥《まおう》と恵美《えみ》のハウスだけで二千四百本もの茄子《なす》を収穫することになる。

そしてハウスは十棟あるので、単純計算で、今日だけで二万四千本の茄子《なす》を収穫することになるのだ。

「小売価格が五十円で仮に卸値が二十五円だと考えれば、六十万近く損するのか」

「バカじゃないの」

真奥《まおう》は茄子《なす》の数と六十万円の損失という試算に慄《おのの》くが、恵美《えみ》は吐《は》き捨てるようにその結論を一蹴《いっしゅう》した。

「あ？　計算間違ってるか？」

「茄子《なす》の種や苗は、湧《わ》き水のようにどこからか無料《タダ》で湧き出てくるものなの？」

「……ああ」

真奥《まおう》は納得して頷《うなず》いた。

「経費か」

「そう。茄子《なす》の苗や種を買うお金。このハウスの維持費。土を作るための機械の燃料代。肥料代や世話にかかった人件費。出荷する野菜を梱包するためのダンボール箱なんかの生産資材。売値の『六十万円』を得るためにかけた経費が諸々《もろもろ》全部パァになるのよ。全体の損害が六十万円程度で収まると思う？　収穫が遅れるっていうのは、それくらいの一大事なの」

「……」

「その大きな茄子《なす》の周りに、何日か前に収穫した形跡があったわ。根性なしの従業員に逃げられてからも、一馬《かずま》さんとか万治《まんじ》さんが元々雇ってる人と一緒《いっしょ》に頑張って隙《すき》を見て収穫したんでしょ。でも結局手が回らなくて、そんなのが出てきてしまったのね」

「………」

しばしの間、真奥《まおう》は唸《うな》るしかできなかった。

改めて、佐々木《ささき》家の広大さを意識する。

里穂《りほ》は山一つ、と言っていたから、真奥《まおう》達が見た茄子《なす》、キュウリ、スイカ以外にも様々な作物があるのだろう。

万治《まんじ》は法人を立てて人を雇っていると言っていたが、今のところ、佐々木《ささき》家以外の人間の姿を真奥《まおう》達は見ていない。

それだけ人数はギリギリだということなのだろう。

もしかしたら家族以外の社員はほとんどいないのかもしれない。

だからこそ、この素人《しろうと》の真奥《まおう》達でもできる作業を、斡旋《あっせん》された実習生で賄《まかな》おうとしたのだろう。

　だが、彼らは逃げ、佐々木《ささき》家は育てた作物を収穫する時期を逸《いっ》しかけた。

「……大変だな」

　真奥《まおう》はぽつりと呟《つぶや》く。

　ただ鋏《はさみ》で切るだけの収穫ですらこれほど重労働なのだ。

　仮の試算の卸値六十万円という数字も、真奥《まおう》の実生活から見れば大きな金額だが、かけられている労力を考えれば、対価としては決して高いものではない。

「……そうよ、大変なの」

「あ……」

　一瞬《いっしゅん》物思いにふけった間に、恵美《えみ》の声が少し遠くなった。

　手際の良い恵美《えみ》に置いていかれかけている。

　真奥《まおう》は慌《あわ》てて作業を再開するが、

「…………」

　つい、恵美《えみ》の様子を窺《うかが》ってしまう。

　昨夜の千穂《ちほ》の話を思い出すまでもなく、恵美《えみ》が農業に関してそれほど豊富な知識を持っているのは、彼女自身に経験があるからだ。

　それは当然彼女の実家の稼業が農業だったからであり、そしてそれを叩《たた》き潰《つぶ》したのは、ほかならぬ真奥《まおう》自身だ。

その真奥《まおう》が恵美《えみ》から農業にまつわる話を聞いて、農業は大変だ、などと言えば、間違いなく恵美《えみ》の逆鱗《げきりん》に触れてしまう。

怒るときは、いつ聖剣《せいけん》を抜いてもおかしくない本物の憎悪《ぞうお》を叩《たた》きつけてくる恵美《えみ》だけに、真《ま》奥《おう》は自分の失言に慌《あわ》てる。

「何よ」

恵美《えみ》もそんな真奥《まおう》の逡巡《しゅんじゅん》に気づいたのか、手を止めて尋《たず》ねてきた。

畝《うね》の向こう側にいるので表情は判別できない。

だが、想像したほどにはその声に、怒《いか》りの感情は見受けられなかった。

「まさかとは思うけど」

「お、おう」

「反省とか、してたりしないでしょうね。勘弁して頂戴《ちょうだい》」

「え？　あ、その……」

真奥《まおう》は混乱する。

恵美《えみ》は何を言いたいのだろう。

反省するなと言いたいのか？　だが、千穂《ちほ》が聞いた鈴乃《すずの》の話では、恵美《えみ》は真奥《まおう》が農業に従事することを快く思っていなかったはずだ。

そんな真奥《まおう》が恵美《えみ》の前でナメたことを言えば、怒りこそすれ反省するななどと言うはずがないと思うのだが……。

「反省って、その」

「私の故郷と、お父さんの畑をあなた達が全部壊してくれたことよ」

「……」

真奥《まおう》は、押し黙《だま》る。

まさかこれほどストレートに来るとは思わなかったからだ。

「言っておくけど、そのことを怒ってないわけじゃないし、許すつもりもないわ。そのことを思い出すだけで、あなたとルシフェルを今すぐにでも殺したくなる」

二人きりということもあり、恵美《えみ》は物騒《ぶっそう》な物言いを隠そうともしない。

「でも……あなたにそのことを後悔されたり反省されたりしたら、私の中の復讐《ふくしゅう》心が、ミジンコのフン程度だけど、揺《ゆ》らぐかもしれない。だから反省なんかされたくないわ」

「……はぁ？」

「当時のあなた達にとっては、歩く途中にある邪魔《じゃま》な小石を蹴飛《けと》ばす程度のことだったんでしょ。でもたとえ小石ほどに取るに足らなかったとしても、あなた達にはそれを蹴飛《けと》ばすだけの理由があった。蹴飛《けと》ばされた小石が何より大切だった私は、それを許せない。だから私は、いずれあなた達にしっかり落とし前をつけてもらう。それでいいのよ」

一瞬《いっしゅん》途切れていた恵美《えみ》の鋏《はさみ》の音が、また再開される。

「でもそれは、私とあなたとの間だけの問題。そのことと、あなた達が佐々木《ささき》家の人達の農業を手伝うこととは全く別の話。そう思うことにしたわ。だから私のことは気にせずに、仕事してなさい。別に意地悪して邪魔《じゃま》したりはしないから」

言いながら、恵美《えみ》はまた少し畝《うね》を先に進む。

真奥《まおう》は思わず止めていた息を吐《は》き出すと、緊張していた肩から力を抜いた。

「……なんつーか……」

「何よ」

「……面倒くせぇ奴《やつ》」

吐き捨てるように言う真奥《まおう》だが、それでもその顔にはかすかに笑《え》みが浮かんでいた。

「あら？　『絶対に許さない』って叫《さけ》ぶ私に切り刻まれて、この畑の肥料になるのがお望み？」

極端な物言いをする恵美《えみ》の言葉も、笑っているように聞こえたのは気のせいだろうか。

茄子《なす》の枝葉に阻《はば》まれて、宿敵である勇者の顔を窺《うかが》い知ることはできなかった。

「美味《うま》いっ!!　美味《うま》すぎる!!」

昨日と変わらぬ抜けるような青空の下、真奥《まおう》の絶叫《ぜっきょう》にも似た声が佐々木《ささき》家の畑にこだまする。

「ちょっと、いきなり叫《さけ》ばないでよ」

すぐ隣でその声を聴いた恵美《えみ》は、耳を押さえて顔を顰《しか》めた。

太陽が大地を照らし、気温も上がりきった午前十一時。

なんとか今日の分のキュウリまで収穫し終え、畑の隅に腰を下ろした真奥《まおう》達は、陽奈子《ひなこ》が持ってきていた自家製の味噌《みそ》を調味料に、獲れたてのキュウリを貪《むさぼ》っていた。

産地直送どころか、産地直食のキュウリは果物のように瑞々《みずみず》しく、汗をかいた体に自家製の味噌が程良く塩分を染み渡らせてくれる。

最初はおずおずといった様子だった真奥《まおう》達も、豪快にキュウリをかじる陽奈子《ひなこ》に触発されて新鮮そのもののキュウリをバナナのように頬張《ほおば》っていた。

「ちょっと、あんまり食べすぎてお腹《なか》いっぱいになっても知らないわよ。もうすぐお昼ご飯なんでしょ」

三本目のキュウリに手を伸ばそうとしている真奥《まおう》を見て、恵美《えみ》が思わず咎《とが》める。

「そんなこと言ったってお前、こんな美味《うま》いもん今食わないでいつ食うんだよ」

味噌《みそ》の塩気とキュウリが持つかすかな甘さがまた絶妙《ぜつみょう》にマッチし、それを冷たいお茶で流し込めば、もうこれ以上何もいらないと思えてきてしまう。

「限度があるでしょ。由美子《ゆみこ》さんが折角《せっかく》お昼作ってくださってるのに、食べきれなかったらどうするつもり？」

「人に作ってもらった飯残すわけねーだろ！」

「どうかしらね。なんでもいいけど、アラス・ラムスの前でご飯残すようなことだけはしないでよね」

なおもキュウリを食べ続ける真奥《まおう》に、ほとほと呆《あき》れた様子の恵美《えみ》。

そんな二人を不思議そうに見ているのが鈴乃《すずの》と芦屋《あしや》だ。

「……なんだか」

「普段と変わらんな」

芦屋《あしや》は芦屋《あしや》で、昨夜から恵美《えみ》の様子が普段とどこか違うことには気づいていた。

真奥《まおう》と違い千穂《ちほ》や鈴乃《すずの》から何かを聞いたわけではないが、やはり自分達が農業に従事しているのを快く思っていないのだろうくらいには思っていた。

が、茄子《なす》のビニールハウスから出てくる頃には、真奥《まおう》も恵美《えみ》も、すっかり普段通りの様子に戻っているではないか。

決して仲直りしたということではなく、真奥《まおう》のやること為《な》すことに何かと恵美《えみ》がつっかかるという日頃のスタイルに戻った、という意味だが。

「鎌月《かまづき》、一体遊佐《ゆさ》に何があったんだ」

「……私にも分からん」

ずっと陽奈子《ひなこ》と二人で作業をしていた鈴乃《すずの》には分かりようもない。

真奥《まおう》達の就農を快く思っていなかった恵美《えみ》が、なんらかの方法で自分の気持ちに整理をつけたのだろうとしか言いようがなかった。

ともあれ、訳が分からないなりに、真奥《まおう》と恵美《えみ》が佐々木《ささき》の本家を舞台に本来の対立関係に戻るようなことはなくなったと見て、鈴乃《すずの》は胸を撫《な》で下ろす。

「やーよく頑張ったよく頑張った。帰ったら少し昼寝してねー」

「うきゅう……」

並んで座る四人の後ろでは、完全にノックアウト状態の漆原《うるしはら》が、陽奈子《ひなこ》にうちわで扇《あお》がれていた。

一馬《かずま》の手前一切の手抜きやサボりができなかった漆原《うるしはら》。

慣れぬ肉体労働も相まって完全に力尽《つ》きていたが、それでもなんとかキュウリの収獲までやりきった。

「昼寝？」

結局四本目のキュウリをかじっている真奥《まおう》が、陽奈子《ひなこ》の言葉に振り向く。

「昼寝なんかできるんですか？」

労働の合間のシエスタなど、貴族かヨーロッパでもなければ有り得ない事態だと思っていたが、

「しないと持たないよ」

陽奈子《ひなこ》には苦笑交じりで返される。

「この暑さだもん。ご飯食べたら今日は二時間くらい休憩《きゆうけい》しないと。みんなのおかげでなんとか朝のうちに茄子《なす》とキュウリは片付いたし、あとは今日は草取りくらいじゃないかな。出荷や梱包なんかはまた別の慣れた人がやるからね。ま、何かあれば一馬《かずま》かお義父《とう》さんが言うと思うよ。明日は多分、ハウスの残りの茄子《なす》を全部取っ払って、そのあと更新剪定《せんてい》かな」

「更新剪定《せんてい》とは？」

芦屋《あしや》の問いに答えたのは、陽奈子《ひなこ》ではなく恵美《えみ》だった。

「茄子《なす》は基本的に夏の野菜だけど、秋茄子《なす》ってあるでしょ。一度全部の株から今ある茄子《なす》を収穫して、そのあとで秋茄子《なす》を実らせるために余分な枝葉を剪定《せんてい》するのよ」

「おおー正解！」

陽奈子《ひなこ》が拍手する。

「でも更新剪定《せんてい》って、夏が本格化する前にやるものじゃないんですか？」

「ハウス栽培だから、そこらへんは調整してるみたいだよ」

「成程……輸入したいものがまた増えたわね……」

「おい、程々にしとけよ」

勇者のくせに、腹で何か不純なことを考えているらしい恵美《えみ》に、真奥《まおう》は小声で注意する。

以前にも恵美《えみ》は、魔王討伐《とうばつ》の暁《あかつき》には故郷の家に冷蔵庫と電子レンジを持ち帰って運用する方法を考えていた。

大方、エンテ・イスラで野菜を生育させるためのビニールハウスを作ることでも考えているのだろう。

「でもそっか、遊佐《ゆさ》さんのおうちって農家なんだもんね？　差し支えなければどの辺？　何やってたの？」

だが、地球とエンテ・イスラのカルチャーギャップを最大限利用してやろうとする勇者の策略は、陽奈子《ひなこ》の無邪気《むじゃき》な問いで阻《はば》まれる。

「あ、その、えっと、こ、国内じゃないんです。ずっと小麦を……」

恵美《えみ》は黒い微笑《ほほえ》みを凍りつかせて、数瞬《すうしゅん》で頭を高速回転させてなんとかその場をしのごうとするが、

「海外で小麦⁉　すごいね⁉　アメリカ⁉　ヨーロッパ⁉　アジア⁉　小麦ってデュラム？　硬さは？　いや実は今、米のウラで麦やろうかってお義母《かあ》さんが言ってたんだけど、何がいいと思う⁉　海外だと麦のウラとか何かやってたりすんの⁉　休ませるときのチリョクは何がいいかな⁉」

「え、あ、あ、あの、えっと……」

陽奈子《ひなこ》の輝く瞳《ひとみ》と熱意に迫《せま》られ、しどろもどろになってしまう。

「今は国産の麦も結構質が上がって需要あるしさ！　ほら、酒税法が改正されてビールの出荷

量減って、代わりに第三のビールが伸びてるじゃん⁉　今あちこちの酒造メーカーが商品開発でいろんな麦とかホップとか探してるんだよね！　米はここのところ値段も頭打ちで毎年とんでもない量で米余りが出てるし、やっぱこれからは国産麦じゃない⁉」

「ひ、陽奈子《ひなこ》さんあのね、私も実家がそうだってだけで、それほど詳《くわ》しくは……」

恵美《えみ》が陽奈子《ひなこ》の勢いを必死に躱《かわ》そうとしている傍《かたわ》らで、真奥《まおう》は今の会話を反芻《はんすう》する。

「ウラとかチリョクとか、なんだ？」

「それならば分かる。裏《ウラ》は裏作。地力《チリョク》は、休耕地の土壌に活力を与えるための地力《ちりょく》作物のことだろうな。レンゲやクローバーが一般的だと聞いたことがある」

「折角《せっかく》説明してくれたところすまないが、何を言ってるのかさっぱり分からん」

解説を耳が跳《は》ね返してしまい、真奥《まおう》は思いきり鈴乃《すずの》に睨《にら》まれる。

その向こうでは恵美《えみ》が相変わらず陽奈子《ひなこ》の質問攻めを必死で躱《かわ》そうとしていたが、ちょうどそのとき、

「おーい、お待たせー！　帰って飯にしようぜ！」

収穫した茄子《なす》とキュウリをどこかへと運んでいった万治《まんじ》と一馬《かずま》が、軽トラックと軽ワゴンで戻ってきた。

そのため話が中断してほっと気を抜くが、

「んじゃ続きは帰ってからだね！」

との陽奈子《ひなこ》の宣言に、顔を強張《こわば》らせたのだった。

※

「しかし……本当にこれで良いのでしょうか……」

「あ？」

芦屋《あしや》の不安そうな声に、真奥《まおう》は少しだけ首を動かす。

あてがわれた部屋に戻った悪魔三人は、涼しい風の抜ける畳の上に思い思いの格好《かっこう》で寝そべっていた。

「確かに朝早く、結構な重労働でした。ですが……」

「まぁ、確かにな、俺も若干《じゃっかん》落ち着かない。たらふく美味《うま》い飯食わせてもらって、二時間は昼寝とかな」

「これで日当を頂いては、何かバチが当たるような気がします」

「悪魔がバチ当たるの気にしててどうすんだよ」

「僕はもう、一生寝込んでしまいたい……」

漆原《うるしはら》一人は窓際で、うちわで力なく顔を扇《あお》ぎながら辞世の句を詠《よ》んでいるが、真奥《まおう》も芦屋《あしや》も聞いてはいない。

「情けない話だが、俺達にできることは今の時点では無いってことだろ。現に、恵美《えみ》の奴《やつ》は駆《か》り出されてんじゃねぇか」

「そのことが余計に腹立たしいし、不安の種でもあるのです！」

芦屋《あしや》は上体を起こして頭を抱《かか》える。

結局恵美《えみ》は、陽奈子《ひなこ》の麦談義から逃げることができなかった。

恵美《えみ》も諦《あきら》め、実家を手伝っていたのは本当に幼い頃だと前置きした上で、自分が分かる範囲のことだけを陽奈子《ひなこ》や万治《まんじ》に伝える。

もちろん恵美《えみ》の故郷はヨーロッパの架空の土地ということになっているし、麦の品種名がそもそも違うので語れることは多くはなかったが、陽奈子《ひなこ》は熱心に聞き入っていた。

その知識と経験が買われたわけではないだろうが、今恵美《えみ》は、陽奈子《ひなこ》と一馬《かずま》に請《こ》われて麦の裏作を考えているという水田の視察に引っ張り出されている。

「こんなとこで張り合ったって仕方ねぇだろう。なまじ意気込んで間違ったことするよりは、雇い主の言う通りここは素直に休憩《きゅうけい》しておいた方がいい」

「むむむ……」

芦屋《あしや》は未だ納得が行かないようで、落ち着かなげに貧乏ゆすりを始める。

「そうだ！」

「……芦屋《あしや》、今絶対余計なこと思いついたでしょ……僕嫌《いや》だよ、行かないからね」

芦屋《あしや》が突然手を打って顔を上げる。

その芦屋《あしや》が何かを言い出す前から漆原《うるしはら》は力なくそう言い、

「それで日当に差がついても僕は一向に構わないから、いってらっしゃい」

のそのそと押し入れに這《は》っていったかと思うと、中に入ってそのまま襖《ふすま》を閉めてしまう。

「むしろ芦屋《あしや》が何言い出すかによっちゃ、お前と俺らで日当に差がついてなかったときのこと考えると不安になるんだがな……で、なんだよ芦屋《あしや》」

真奥《まおう》も苦言は呈《てい》するが、今の時点ではこれ以上漆原《うるしはら》をどこかに引っ張り回したところで足手まといにしかなるまい。

「久しく定期的なアルバイトから離れていたので心がけを忘れておりました。魔王様、仕事は、自分から見つけるものです！　現にエミリアもベルも得意分野を生かして、生意気にもそれぞれ所を得ているではありませんか」

確かに、朝食の席で鈴乃《すずの》が当たり前のように台所をうろつきまわっていたのは予想外すぎる光景だったし、恵美《えみ》も佐々木《ささき》家への貢献度では明らかに真奥《まおう》達を上回っている。

「特に我々には、ルシフェルというマイナス要因があります。ここは一つこちらから仕事を申し出ることで、少しでも心証を良くするべきではないでしょうか」

「何言われたって僕は絶対に行かないからねー！」

押し入れの中からの抗議の声。

「……ま、確かに一理あるな。何ができるか分からんが、日中何もせずにごろごろしてるのが嫌《いや》でここに来たってのもあるからな。それが遠出までしてごろごろしてんじゃ、なんの意味もねぇもんな」

真奥《まおう》も体を起こすと、ぴしゃりと膝《ひざ》を打って立ち上がる。

「とはいえ、一馬《かずま》さんと陽奈子《ひなこ》さんと万治《まんじ》さんは今いねぇだろ。由美子《ゆみこ》さんとエイ婆《ばあ》ちゃんに聞いて、俺達ができそうな仕事あっかなぁ？」

「無けりゃそのときは、家の周りの掃除でもしましょう」

真奥《まおう》と芦屋《あしや》は言いながら、部屋を出て階下に下りる。

しばらくして誰もいなくなった部屋の中で、

「本当に行っちゃった」

自分で行かないと宣言したものの、一人取り残されてちょっぴり寂しそうな漆原《うるしはら》が、押し入れから出てくる。

「こんなとこでも、ネットが入るのが唯一《ゆいいつ》の救いかな」

三人分の荷物が入ったトランクを開けて、漆原《うるしはら》はいつも使っているノートパソコンを取り出す。

起動すると、幸いにして無線の回線を拾ってインターネットに接続することができた。

「そこまでして働こうとするお前達を尊敬するよ僕は……。休めるときに休むのも仕事のうちじゃないのかなぁ」

駒ヶ根《こまがね》の空から吹き込んだ淡《あわ》い風を感じながら、漆原《うるしはら》は普段通り、ネットの風に身を晒《さら》すべく、南アルプスを大パノラマで映す大きな窓の下で、電子の光が満ちる小さな窓を覗《のぞ》き込むのだった。

※

「あお————————!!」

「……う」

駒ヶ根《こまがね》の山に、のびのびとした大きな声と、何かを達観したような唸《うな》り声が響く。

「ひー、あお!」

「……う」

「ひー、おそら!　けせど!」

「……けーと」

「けせど!」

「け……けへど」

「けせど————!!」

「アラス・ラムス、いくらなんでもセフィラの名前言わせるのは無茶だろうよ」

真奥《まおう》は、肩の上にいる小さな愛娘《まなむすめ》が、

「な、何故《なぜ》一志《ひとし》君は、納得すると言葉でなく行動で示すのでしょう。あだだだ！」

芦屋《あしや》の肩の上で哲学的な表情で彼女の言葉に聞き入る一志《ひとし》に無茶な言葉を教えようとしているのに苦笑してしまう。

「ひーくん凄《すご》いね！　もうそんなおしゃべりできるようになったんだ！」

その傍《かたわ》らでは、おむつやウェットティッシュ、タオルに経口補水液などの子守セット一式をトートバッグに入れた千穂《ちほ》が二人のやり取りに破顔している。

「さ、佐々木《ささき》さん、何故《なぜ》一志《ひとし》君は私の髪をこんなに引っ張るのであいたたた!!」

「ひーくん、最近摑《つか》んで引っ張るのが大好きなんですって」

「そ、そのままですね。こ、こら、ちょっと一志《ひとし》君、もう少しやんわりと……」

「まだ一志《ひとし》君は手が小さいからな。頭摑《つか》むより、髪の方が摑《つか》みやすいんだろ」

静かな表情で芦屋《あしや》の髪を両手で引っ張り続ける一志《ひとし》を見て、真奥《まおう》は笑う。

売り込みに行った真奥《まおう》と芦屋《あしや》に与えられた新たな仕事。

それはなんと、子守りだった。

一馬《かずま》と陽奈子《ひなこ》と万治《まんじ》が働きに出てしまって、朝に引き続き千穂《ちほ》と由美子《ゆみこ》とエイがかわるがわる一志《ひとし》とアラス・ラムスの世話をしていたのだが、由美子《ゆみこ》とエイも午後になってから仕事があるらしく、真奥《まおう》達の申し出は渡りに船だったらしい。

「さっきからママに会いてぇってグズっちまって、悪いけど真奥《まおう》さん芦屋《あしや》さん、一志《ひとし》を陽奈子《ひなこ》んとこまで散歩に連れてってやってくれねぇか。私と婆《ばあ》ちゃんは、これから選果工場の方に行かにゃならんのよ」

「お母ちゃの顔見りゃ、ちっとぁ落ち着くら。一馬《かずま》も陽奈子《ひなこ》も西の田《た》に行っとるで」

「西の田《た》？」

しばらく佐々木《ささき》の本家の面々と接していて気づいたことだが、この家族はある場所のことを『下』とか『上』とか『西』とかざっくりとした方向で言うのだ。

身内同士ならそれで通じるのだろうが、『隣』の概念が都会とは根本から違う土地でその情報だけを頼りに動けば、間違いなく迷子になる。

「あー、千穂《ちほ》、分かるけ？　千穂《ちほ》が分からなんだら仕方ねぇから伯母《おば》さん連れてくけども」

真奥《まおう》達の逡巡《しゅんじゅん》を理解したか、由美子《ゆみこ》は千穂《ちほ》に話を振る。

「えっと、確か川を渡って林の脇《わき》の道を右に行った先の？」

千穂《ちほ》は記憶を探《さぐ》るように答える。

さらりと『川』という単語が出てきたが、まさかこの家は敷地内に川が流れているのか。

「そこそこ。悪いけど千穂《ちほ》、そこまで真奥《まおう》さん達案内してやってくれんか。そう遠くねぇで行って帰ってくるだけでいいから」

かくして千穂《ちほ》の案内で、一志《ひとし》を『西の田《た》』にいる陽奈子《ひなこ》に会わせるミッションを仰《おお》せつかった真奥《まおう》達。

そこには恵美《えみ》もいるし、当然のことながらアラス・ラムスを置いていくわけにはいかないので、急遽《きゅうきょ》、母を訪ねて真奥《まおう》と芦屋《あしや》と千穂《ちほ》と、そしてアラス・ラムスと一志《ひとし》というパーティーで夏の山道を散歩することになったのだった。

「いやー、しかしアレだな、空気が美味《うま》いってのはこういうこと言うんだな」

真奥《まおう》が山道から見える青空と南アルプスを眺《なが》めて言う。

陽差《ひざ》しは強いし、気温が高いのは間違いないのだが、空気は澄んでいて時折風が渡るので、気分は涼やかなのだ。

「アラス・ラムス、暑くないか？」

「ない！　ひー、ひーのぼうし、むぎわら、おそろい！」

「……う」

アラス・ラムスはこの半日の間に、一志《ひとし》とすっかり仲良しになったらしい。

ここに来るまでも何かと一志《ひとし》との会話に（と言っても一志《ひとし》は「う」しか言わないのだが）注力している。

形は全く違うが、同じ麦わら帽子を被っていることがお互い心地良いらしく、一志《ひとし》もアラス・ラムスをひたと見据《みす》えながら、彼女を真似《まね》るように自分の帽子の鍔《つば》を摑《つか》んでみせる。

するとアラス・ラムスは、恐らく恵美《えみ》の好みだろうが、帽子のリボンに縫いつけられているリラックス熊《ぐま》のアップリケを一志《ひとし》の方に向けて、自慢げに頬《ほほ》を膨《ふく》らませる。

一志《ひとし》自身はものの優劣という感情を持つに至っていないため、見せられたリラックス熊《ぐま》の能天気な顔に、真剣な顔で見入っていた。

「アラス・ラムスちゃん、お姉ちゃんみたいですね」

「ねーちゃ！　ひーねーちゃ！」

「アラス・ラムス、それちょっと違うぞ。それじゃ一志《ひとし》君が姉ちゃんになっちまう」

「アラス・ラムス、ねーちゃ？」

「うーん、間違いじゃないが、自分で自分をそう呼ぶのもな」

「ねーちゃよ！　アラス・ラムスねーちゃ！　ずっとねーちゃ！」

「ま、なんでもいっか」

「ねーちゃ！」

「……う」

「あいたっ！　い、今のは特に強かった……」

「あははははは！」

芦屋《あしや》には悪いが、さすがの千穂《ちほ》もこのやり取りには思わず笑ってしまう。

「なんだか芦屋《あしや》、一志《ひとし》君に操縦されてるロボットみたいだな」

「漆原《うるしはら》が部屋で引きこもっていてくれて、今はホッとしております……」

確かに漆原《うるしはら》なら、芦屋《あしや》のこんな姿を見れば当分ネタにしてからかい倒しそうだ。

「漆原《うるしはら》さん、大丈夫ですか？　一馬《かずま》兄ちゃんが心配してましたけど」

今日は食事時くらいしか漆原《うるしはら》と顔を合わせていない千穂《ちほ》がそう尋《たず》ねると、

「疲れてはいるみたいだけど、死にはしねぇだろ。今頃休憩《きゆうけい》時間なのをいいことに、ネットでもやってるんじゃやねぇか？」

「ところで佐々木《ささき》さん、西の田《た》というのはまだ先なのですか？」

五人は、出かける直前に由美子《ゆみこ》が話していた林と思《おぼ》しき場所に差し掛かっていたが、未だ水田は見えてこない。

一志《ひとし》に髪を引っ張られまくって若干《じやっかん》涙目になっている芦屋《あしや》に苦笑しながら、千穂《ちほ》は記憶を辿《たど》り前方を指さす。

「もう少しです。この林をもうちょっと行った所に橋があってそこに……きゃっ！」

「むっ⁉」

そのときだった。

脇《わき》の林の中から、何か黒い影が飛び出してきた。

予想外の事態に千穂《ちほ》が飛び上り、芦屋《あしや》も足を止める。

「なんだ、どうした？」

アラス・ラムスを担《かつ》ぎ直すので一歩遅れた真奥《まおう》は、二人の様子に驚いた。

「い、いえ、大事ありません。林の中から何かが飛び出してきて……」

「あれ、ですね」

千穂《ちほ》と芦屋《あしや》は、足元を横切った影の行く先を見、真奥《まおう》も千穂《ちほ》の指さす先を見て首を傾《かし》げた。

「……なんだ、あれ？」

路傍《ろぼう》で立ち止まりこちらを見返しているそれは、見たことの無い動物だった。

大きな動物ではない。小さい目、小さい耳のついた細い顔に、ずんぐりした長い体と太い尾、そして長い胴と尾に若干不釣《じゃっかん》り合いな短い四肢《しし》。

ネズミというには体が長すぎる。

リスというには体が大きすぎる。

かといって、犬猫《ねこ》の類《たぐい》では絶対にない。

「なんでしょう……それほど凶暴な生物には見えませんが」

言いつつ芦屋《あしや》は、肩車していた一志《ひとし》を背負い直し、そして真奥《まおう》と千穂《ちほ》を背後に庇《かば》うように一歩前に出る。

すると、その謎《なぞ》の動物は芦屋《あしや》の動きを警戒してか、すっと身を翻《ひるがえ》すと走り去っていってしまった。

「生で見るのは初めてだけど、タヌキとかキツネとかか？」

存在は知っていても、都会ではなかなか見ることのない動物を挙げる真奥《まおう》だが、それは千穂《ちほ》によって否定された。

「タヌキ……じゃない気がします。イタチとか、そんな感じがします」

「イタチ、ですか。なるほど。確かに以前図書館で見た写真は、あんな感じだったかもしれません。何にせよ、何事も無くて良かった」

芦屋《あしや》の一言で、ちょっとしたハプニングに止まっていた一行の足が再び動き出す。

「芦屋《あしや》、お前一体どういう理由で、イタチの写真を図書館で調べる用があったんだ？」

ようやく前方にそれらしい水田が見えはじめた頃、真奥《まおう》が尋《たず》ねる。

「大したことではありません。実は、タヌキも狐《きつね》も、あとカッパも、調べたことがあります」

芦屋《あしや》は至極真面目《まじめ》な顔をして答える。

芦屋《あしや》と真奥《まおう》は話をしていて気づかないが、唐突《とうとつ》に出てきた『カッパ』というワードに、千穂《ちほ》は昨夜の真奥《まおう》との夜の散歩を思い出して一人でもじもじしていた。

「日本に来て間もない頃、日本のメジャーな魔物について調べたことがありました。タヌキや狐《きつね》、カッパにイタチは、日本中で人間を妖術《ようじゅつ》で惑わす伝承が残っていました」

「ああ、そういう」

意外と真面目《まじめ》な理由で、真奥《まおう》は素直に納得する。

「特にイタチやカッパは人間に対して凶暴な行動に出るという伝承が多かったので、魔力回復の手段になるかと期待していた時期があったのです……ですが……」

「ん？」

「この地に来てカッパが予想以上に人間に愛されすぎていて、その方面での探索は私はもはや諦《あきら》めております」

「ああ……カッパ、なぁ」

芦屋《あしや》は芦屋《あしや》で、やはり例のカッパ館が気になっていたのだろう。

真奥《まおう》の思いに気づいて、芦屋《あしや》も苦笑する。

「結局カッパは架空の存在で、イタチは外見にそぐわぬ凶暴な性格から古くから害獣とされてきた、ただそれだけのことでした。まったく、この国は平和すぎて困ります」

「……そうだな。お、あそこにいるのって」

「まま！」

「う！」

「あいたっ！」

真奥《まおう》達よりも、子供達の方が最初にその姿を捉《とら》えた。

行く先の道に山の上から林を通って流れる小さな小川とそこにかかる石橋があり、川から田には用水路が引かれている。

秋には豊かな実りが期待できそうな、青々とした田が一面に広がる中に、恵美《えみ》と陽奈子《ひなこ》、そして一馬《かずま》の姿があったのだった。

※

「それ多分、昨日言ったハクビシンだよ」

「ああ、あれが」

千穂《ちほ》と芦屋《あしや》から謎《なぞ》の獣の外見を聞いた陽奈子《ひなこ》が、膝《ひざ》の上で一志《ひとし》をあやしながら答えを導いてくれた。

「千穂《ちほ》ちゃん、そいつどれくらいの大きさだった？」

「えっと……急に林の中から出てきたからちゃんとは分からないけど……これくらい？」

陽奈子《ひなこ》の問いに、千穂《ちほ》は首をひねりながら体の前で手を広げてみる。

「うわ、結構大きいな、どっかやられてなきゃいいけど」

「どっかやられてって、何か食べられちゃってるってこと？」

「去年トマトのハウスがやられて大損害。あれは参ったわ」

大損害、というフレーズに、二人の会話を聞いていた真奥《まおう》は思わず恵美《えみ》との会話を思い出し、一体どれほどの損害が出たのかついつい頭の中で計算してしまう。

「ずんぐりしてるくせに、顔が通れる穴があれば抜けちゃうらしくてさ。去年は一志《ひとし》の好きなトマト、いっぱい食べられちゃったんだよねー」

「アラス・ラムスもとまとすき！」

するると、真奥《まおう》の膝《ひざ》の上にいたアラス・ラムスが、陽奈子《ひなこ》に向かって大いに主張する。

「お、そっかー、一志《ひとし》聞いた？　おねーちゃんもトマト好きなんだってー」

「う」

「ねーちゃ！　ひーもとまとすき？」

「だーいすきよー。アラス・ラムスちゃんは、トマトの他には何が好きなの？」

「カレー！」

「カレーかぁ、まだちょっと一志《ひとし》には早いかなー」

正確に言えばカレーは『まま』の好物なのだが、基本的にアラス・ラムスはぱぱとままが好きなものは全部好きなのだ。

「あと、こーんすーぷ！」

「それなら一志《ひとし》も大好きよー。今日は夕ご飯にコーンスープ作ってもらおうか！」

「う！」

「すーぷ！」

さすが子供の扱いに慣れている陽奈子《ひなこ》は、早くもアラス・ラムスの心を摑《つか》みつつある。

「コーンスープで思い出したけど、鈴乃《すずの》はどうしたの？」

そこに、両手に明るい色の長い草の束《たば》を持った恵美《えみ》がやってきた。

長靴《ながぐつ》を履《は》いて、シャツや作業ズボンには少し泥が撥《は》ねている。

「……一体何をしていたのだ」

恵美《えみ》の質問に答えるより先に、芦屋《あしや》がその姿に対して疑問を呈《てい》する。

「稗《ひえ》を抜いてたのよ」

「ヒエ？」

恵美《えみ》は足元に草の束を置く。よく見ると先端には貧相な稲穂のようなものがついており、素《しろ》人目《うと》には田に植わっている米と大差ないように見える。

「どこからか飛んできたり、水を引き入れたときに流れてきた種が稲穂の間に根付いて成長しちゃうの。草取りするつもりで来たわけじゃないから道具も無くて、量もそんなでもなかったから三人で手でね」

「そんな簡単に見分けられるもんなのか」

「色が全然違うのよ。稗《ひえ》は米や麦と違って明るい黄緑色なの」

恵美《えみ》が一房手に取って、すぐ目の前の稲穂に突きつける。

比べると確かに、深い緑の稲穂に比べて恵美《えみ》の持っている草は明るい黄緑色だ。

色を見比べて感心していた千穂《ちほ》は、ふと思い出して恵美《えみ》を見上げる。

「へぇ……あ、鈴乃《すずの》さん、晩ご飯の支度してます」

「え？　そうなのか？」

千穂《ちほ》の答えに驚いたのは、恵美《えみ》ではなく真奥《まおう》だった。

そういえば先ほど出かける前に、家の中で姿が見えなかったが……。

「真奥《まおう》さん達が下りてきたときは、ちょうど台所の裏口出たところに包丁研《と》ぎに行っちゃったところで」

「どこの鬼婆《おにばば》だあいつは」

「本人に聞かれたら叩《たた》き潰《つぶ》されますよ」

和装の鈴乃《すずの》が山間の古い屋敷裏でしゃーこしゃーこと包丁を研いでいる図は、ある意味なかなか古式ゆかしい光景かもしれない。

「私から本人に伝えておくわ。多分今日の真奥《まおう》の夕食は無しね」

「ぱぱ、ごはんなし！」

千穂《ちほ》が上げたセンタリングは最悪の形で恵美《えみ》とアラス・ラムスに渡り、それが狂気のパスワークを見せはじめる気配を察した真奥《まおう》。

「すまん、謝る撤回する。だからそれだけは」

「あははー、やっぱり奥さんと子供には頭上がらないんだねー」

恵美《えみ》とアラス・ラムスに真剣に手を合わせて頭を下げる真奥《まおう》を見て笑う陽奈子《ひなこ》。

「陽奈子《ひなこ》姉ちゃん……」

その隣で口をむすっと引き結んで小さく抗議したのは千穂《ちほ》だ。

「うん、千穂《ちほ》ちゃんのそーゆーとこ見たくて、わざと言ってるとこある」

「もう！」

「ごめんごめん、あ、そういや遊佐《ゆさ》さん、一馬《かずま》は？」

陽奈子《ひなこ》はふと、先ほどまで恵美《えみ》と一緒《いっしょ》にいたはずの一馬《かずま》の姿が見えないことに気づき周囲を見回した。

「下の方の排水用の水路でゴミが詰まってて、今それを掃除してます」

「ゴミ？」

「はい。いくつかの堰《せき》で木くずとか木の皮みたいのがいっぱい入り込んでるみたいなこと言ってましたけど」

「そっか。なんだろ、この前も掃除したはずだけど……」

陽奈子《ひなこ》は立ち上がって、目の前の田から一馬《かずま》がいる下の田に続く水路を軽く見やる。

水田の水というものは川から直接取っているわけではなく、地域で一つの上水道を共同利用し、給水栓から水を引くという形になっている。

それだけに排水路の詰まり、というのは自分の田の被害という点もさることながら上水道にも影響するため、それぞれの家で定期的な管理が欠かせない。

そしてその視線が、先ほど真奥《まおう》達がやってきた排水路の起点でもある川のすぐ近くまで行った瞬間《しゅんかん》だった。

「……っ!!」

陽奈子《ひなこ》の顔色が変わり、緊迫したように息を呑《の》む。

「ど、どうしたの陽奈子《ひなこ》姉ちゃん……?」

その尋常《じんじょう》ならざる様子に、千穂《ちほ》は心配そうに声をかけるが、しかし陽奈子《ひなこ》は答えない。

「う?　……うー」

だが、抱《かか》えた一志《ひとし》を強い力で抱きしめると、青い顔で再び身を低くした。

「み、み、皆、落ち着いて、大きな声、出さないで。身を低くして、お願い」

陽奈子《ひなこ》の震える声は、やはり尋常《じんじょう》なものではなかった。

「どうしよう、どうしたらいいんだろう、一馬《かずま》ぁ……」

「ひ、陽奈子《ひなこ》姉ちゃんしっかりして、一体どうしむぐっ!」

一志《ひとし》を抱きしめて震える陽奈子《ひなこ》の異常さを感じ取った千穂《ちほ》がその背に手を当てて声をかけようとしたのを、

「千穂《ちほ》ちゃん、静かに」

恵美《えみ》が、口を塞《ふさ》いで止めたっ
そしてそのままゆっくりと千穂《ちほ》の頭に手を当て姿勢を低くさせる。

「なんだ、どうした……」

その低い声に、真奥《まおう》と芦屋《あしや》も緊張して千穂《ちほ》と陽奈子《ひなこ》に倣《なら》い姿勢を低くする。

恵美《えみ》は自分も姿勢を低くしながら、陽奈子《ひなこ》が見ていた方向に視線をやると、短く言った。

「熊よ」

「なっ……！」

「えっ……」

「く、ま……？」

真奥《まおう》と芦屋《あしや》と千穂《ちほ》は、はっとなって稲穂の隙間《すきま》から川の方向に目を向けた。

姿勢を低くしているのではっきりとは見えないが、確かに、何か黒いものがうごめいているのが見える。

「く、熊ってあの熊ですか？」

他にどの熊があるのか分からないが、千穂《ちほ》の問いに頷《うなず》こうとした恵美《えみ》は、ふと、アラス・ラムスを抱き寄せる。

「そう、この熊よ」

アラス・ラムスの麦わら帽子に縫い止められているリラックス熊《ぐま》を指さしてみせた。

すると、それを横目で見ていた陽奈子《ひなこ》が、

「あは……あはは……」

怯《おび》えながらも、少しだけ微笑《ほほえ》んでしまう。

「少し落ち着きました?」

「ううん、全然、でも、ありがと。ちょっと、しっかりしなきゃって思った」

恵美《えみ》の機転で、どうやら陽奈子《ひなこ》は急激なパニックからは抜け出したようだ。

「良かった」

恵美《えみ》は安心させるように微笑《ほほえ》むが、すぐに顔つきを厳しくして稲穂の間から少しだけ様子を見て、それからゆっくりと陽奈子《ひなこ》に問いかける。

「今まで、熊が出たなんてことはあったんですか?」

「し、知らない。私は聞いたことない。一馬《かずま》もそんなこと一言も……」

そのとき、一馬《かずま》の名を聞いて全員がハッと顔を見合わせる。

「……おい芦屋《あしや》、お前、下の方にいる一馬《かずま》さんに知らせてこい」

「了解しました」

芦屋《あしや》も真剣な顔つきで頷《うなず》いて、身をかがめたままゆっくりと動く。

「でも確か熊って、人間の気配を感じたら逃げるんじゃありませんでしたっけ? だから山を登る人は鈴《すず》とかつけるって……」

「だと、いいんだがな」

千穂《ちほ》は冷静に自分の記憶を引き出すが、それを真奥《まおう》と恵美《えみ》が否定する。

「陽奈子《ひなこ》さんが聞いたことないってことは、多分遠くからやってきたんでしょうけど……」

「痩《や》せてんのはそのせいか」

「もし餌《えさ》を探してるんだとしたら……ちょっと面倒かもね」

真奥《まおう》と恵美《えみ》は、姿を現した獣を見て、口々に言う。

それは間違いなく熊だった。

四足でゆっくり歩いているため体長は判別できない。

熊、と聞いてイメージできる大きさよりはむしろ小さくも見えるが、それでも先ほどのハクビシンなどとは比べようがない。

立ち上がれば、真奥《まおう》より少し大きいくらいだろう。

黒い体毛に覆われてはいるが、遠目にはっきり分かるほど痩《や》せている。

餌《えさ》を求めて長旅の果てにこの地域に迷い込んだとすれば、迂闊《うかつ》に刺激すれば人間を敵とみなして襲ってくる可能性も無いとは言えない。

「追い返すのが無理なら、近づいてこない間にゆっくり逃げちゃえませんか？　芦屋《あしや》さんの後を追って、一馬《かずま》兄ちゃんと下の道に逃げて、警察とかに連絡すれば……」

「それが一番いいかもね」

千穂《ちほ》の提案に恵美《えみ》が頷き、真奥《まおう》もそれに同意する。

千穂《ちほ》が陽奈子《ひなこ》に比べて落ち着き払っているのは、それこそ熊が出ようがライオンが出ようがティラノサウルスが出ようが、所詮《しょせん》真奥《まおう》や恵美《えみ》の敵ではないことを肌身に感じて知っているからだ。

「ち、千穂《ちほ》ちゃん、凄《すご》いね。わ、私なんか足震えて立てなくなってるのに……」

そんなことを知らない陽奈子《ひなこ》は、夫の年下の従妹《いとこ》の冷静さと豪胆《ごうたん》さに驚くばかりだ。

「そ、そんなことないよ。私も怖いよ」

自分でも若干《じゃっかん》白々しいと思いつつも、千穂《ちほ》は首を横に振った。

「それじゃ、ゆっくり逃げるわよ。真奥《まおう》、アラス・ラムスをお願い。千穂《ちほ》ちゃんは一志《ひとし》君を。陽奈子《ひなこ》さんは私が支えるから」

恵美《えみ》の号令で全員が頷《うなず》く。

「よし、アラス・ラムス、しー、だぞ」

「あぃ、しー」

アラス・ラムスは自分で自分の口を押さえると、力強い瞳《ひとみ》でぱぱを見返して頷《うなず》く。

「ご、ごめんね遊佐《ゆさ》さん」

「大丈夫ですよ、焦《あせ》らずゆっくり……」

恵美《えみ》は陽奈子《ひなこ》の肩に手を添え、陽奈子《ひなこ》は申し訳なさそうに恵美《えみ》を見上げる。

そして、その陽奈子《ひなこ》から千穂《ちほ》が一志《ひとし》を受け取ろうとしたそのときだった。

「うー！」

それまで大人しかった一志《ひとし》が、突然グズりはじめたのだ。

空気が凍る。

「ひ、ひーくん、しー、しーよ」

「うー！　ううぅー！」

焦《あせ》った千穂《ちほ》が一志《ひとし》をあやそうとするが、一志《ひとし》は収まらない。

一志《ひとし》なりに、周囲の大人達の緊迫した様子は察していたのだろう。

それでも今の今まで母親の陽奈子《ひなこ》の胸に抱きしめられていたから落ち着いていたが、突然その母から離されそうになって、不安が一気に増したのだろう。

「ひ、一志《ひとし》、お母さん大丈夫だから、お願いだから静かに……」

「うぅぅ～‼」

なかなか立ち上がれない陽奈子《ひなこ》の懇願《こんがん》も虚《むな》しく、千穂《ちほ》の腕の中で母を求めてばたばたと暴れはじめた一志《ひとし》が、

「いぇあぁあぐむぐぁぇぁ～～‼」

大声で泣き出してしまったのだ。

慌《あわ》てて千穂《ちほ》が口を押さえるが、

「マズいわ！　気づかれた！」

手遅れだった。

田を挟《はさ》んで対岸にいたはずの熊が、一志《ひとし》の泣き声に気づいてこちらに近づいてくるではない

か。

「う、うそ……」

「ひーくん、お願い、静かに……」

「やべぇな、ありゃ」

真奥《まおう》も熊の接近に気づいて顔を顰《しか》める。

普通の熊なら、人間の気配を感じ取ると、姿が見えないうちは身を隠すか逃げるはずだ。

だが、接近してくる熊は大きく口を開けて荒い息を吐《は》き、涎《よだれ》を垂らしているように見える。

「ちーちゃん、一志君《ひとし》と陽奈子《ひなこ》さん連れてなんとか一馬《かずま》さんと芦屋《あしや》と合流しろ。ここは俺と恵《え》美《み》が引き受ける！」

「えっ……あ、は、はいっ！」

千穂《ちほ》は疑問を差し挟《はさ》むよりも早く、二人の意図を理解した。

もはや隠れていても意味は無い。一志《ひとし》の泣き声は千穂《ちほ》が必死に口を押さえても当然漏《も》れ聞こえて、熊も田んぼに分け入りながらこちらに真っ直《す》ぐ向かっているのだ。

「行くぞ、恵美《えみ》」

「分かった」

恵美《えみ》も、真奥《まおう》の意図を察し、そして、

「「っ!!」」

二人は揃《そろ》って立ち上がった。

その瞬間《しゅんかん》、熊が驚いて足を止める。

千穂《ちほ》はそれを見逃さず、左手に一志《ひとし》を抱《かか》え、右手で陽奈子《ひなこ》の肩を支えながらその場から離れようとする。

「陽奈子《ひなこ》姉ちゃん、行くよ！」

何度も真奥《まおう》と恵美《えみ》の隣で異次元の戦いを目《ま》の当たりにしてきた千穂《ちほ》である。熊程度の相手でしり込みしている場合ではない。

「え、で、でも、二人は、アラス・ラムスちゃんは……！」

「いいから、転んでもいいから！　今ひーくんを守れるのは陽奈子《ひなこ》姉ちゃんしかいないんだよ！　しっかりして！」

「う、うん、わ、分かった」

陽奈子《ひなこ》は真奥《まおう》と恵美《えみ》を心配そうに振り返るが、千穂《ちほ》の強い力に引かれてゆっくりと、だが少しずつ二人から離れてゆく。

熊は千穂《ちほ》達の動きには気づいているのだろうが、唐突《とうとつ》に現れた真奥《まおう》と恵美《えみ》を警戒して動けないでいるようだ。

「日本の熊も、にらめっこするとビビるんだな」

「これで向こうが逃げてくれればいいけど……」

山中で熊と対峙《たいじ》したときにやってはいけないのは、背を向けて走り出すこと。

そうすると熊は相手を獲物と認識し襲ってくるのだ。

本来なら睨《にら》み合ったまま後退して熊の視界から外れるのが一番なのだが、目の前の熊は、一《ひと》志《し》の泣き声に引き寄せられている。

ここで恵美《えみ》と真奥《まおう》が退いてしまったら、千穂《ちほ》達が危険に晒《さら》されることになる。

「アラス・ラムス、大丈夫か？」

真奥《まおう》は熊を睨《にら》んだまま、抱っこしているアラス・ラムスの髪を撫《な》でる。すると、

「しー、なの」

律儀《りちぎ》にも、アラス・ラムスはこの期《ご》に及んで自分の手で自分の口を押さえたままである。

「余裕あんなぁ。将来が怖い」

こんなときだというのに、真奥《まおう》は苦笑してしまう。

「臭《にお》い平気か？　臭《くさ》くないか？」

だが恐怖は感じなくても、大型野生動物特有の体臭《たいしゅう》は感じるだろう。

真奥《まおう》も恵美《えみ》も、熊特有の獣の臭いに辟易《へきえき》としつつあるのだが、

「くしゃぃ」

アラス・ラムスは正直にそう言うと、また口を押さえて真奥《まおう》の胸に額《ひたい》を当てる。

真奥《まおう》は思わず苦笑して娘の髪を撫《な》でながら、すぐに気を引き締めて熊を改めて睨《にら》む。

られる。

「さて、どうしたもんか」

「これで逃げ帰ってくれるのが一番なんだけどね……」

恵美《えみ》は視界の端で、千穂《ちほ》と陽奈子《ひなこ》と一志《ひとし》が稲穂の陰を抜けつつあるのを捉《とら》える。

もう少し行けば水路脇《わき》の斜面に辿《たど》り着いて、そこから一馬《かずま》と芦屋《あしや》がいる場所まで一気に逃げられる。

「魔王、皆もうすぐ。そしたら」

「分かった」

熊は相変わらずその場に立ち止まったまま荒い息を吐《は》いているが、時折睨《にら》み合いに飽きたように二人から視線を外すようになった。

それが逃げる兆候なのか他の何かに気を取られたのかどうかは分からないが、恵美《えみ》と真奥《まおう》は新しい行動の前兆と警戒し、会話をお互い最低限に絞《しぼ》る。

不本意ながら、二人ともそれだけで通じるほどに生活を共にしているのだ。

そして真奥《まおう》も恵美《えみ》も熊から視線を外せないので気づくことは無かったが、そんなお互いの通じ合いっぷりに気づいた瞬間《しゅんかん》、双方《そうほう》の表情の険しさと迫力が二割ほど増した。

そのときだった。

「お」

己を呪《のろ》う二人の鬼の形相が効いたのかどうかは定かではないが、熊が背後を振り返り、のそりと後退する気配を見せたのだ。

どうやら諦《あきら》めてくれたようだ。

後で警察や地元の猟友会に通報する必要はあるだろうが、少なくともこの場においては、それが熊にも人間にもベストな展開である。

そう、理想通りに進むはずだった。

「ん？」

「え？」

その音は、唐突《とうとつ》にやってきた。

それがなんなのかに気づいて、真奥《まおう》と恵美《えみ》は顔を強張《こわば》らせるが、今度はその表情も役には立たなかった。

真奥《まおう》達が歩いてきた道の向こうから、車の音が近づいてくるのだ。

申し訳程度に舗装された道幅いっぱいに、車幅のある随所《ずいしょ》にごてごてとパーツを付け足した大型のＲＶ車が結構なスピードを出して接近してくる。

折角《せっかく》身を翻《ひるがえ》しかけていた熊は、その音に気づき唸《うな》り声を上げはじめた。

「おいおい、なんだありゃ。佐々木《ささき》家の車じゃねぇぞ？」

決して広くない道をハイスピードで走ってくる、田舎《いなか》道に似合わぬ真新しい黒のＲＶ車は、何を考えているのか、明らかに熊を確認した上でクラクションを鳴らしたのだ。

「なっ⁉」

「嘘《うそ》でしょっ⁉」

これにはさすがの真奥《まおう》と恵美《えみ》も面喰《めんく》らってしまう。

RV車の運転席から熊を視認しているなら、真奥《まおう》達の姿が見えないはずがない。

迂闊《うかつ》に熊を刺激すれば、真奥《まおう》や恵美《えみ》が襲われてしまうだろうことは十分予想できるはずだ。

そして、誰もが恐れていた事態が起こった。

猛進するRV車のパワーのありそうなエンジン音とクラクションに恐慌《きょうこう》をきたした熊が、せっかく真奥《まおう》と恵美《えみ》との睨《にら》み合いを中断して退散しかけていたのに、車とは反対側、すなわち千穂《ちほ》と陽奈子《ひなこ》と一志《ひとし》が逃げた方角に向かって走り出す。

「やべぇっ！　ちーちゃん陽奈子《ひなこ》さん逃げろ！」

真奥《まおう》の叫《さけ》び声が飛ぶが、明らかに遅かった。

少しだけ遠く離れた分、異常に気づくのが一瞬《いっしゅん》遅れた千穂《ちほ》達に、熊は既に肉薄していた。

足元の悪い水田を突っ切っているのに、恐るべき速度だ。

熊の急接近にようやく気づいた千穂《ちほ》も、顔を強張《こわば》らせる以外何もできない。

「真奥《まおう》さんっ！」

「一馬《かずま》あっ‼」

千穂《ちほ》と陽奈子《ひなこ》の悲鳴が上がり、全てが手遅れのように思えた、次の瞬間《しゅんかん》。

「……あ、あれ?」

陽奈子を抱きしめて思わず目を閉じてしまった千穂は、何も起こらないことに気づき薄く目を開ける。

熊のきつい臭《にお》いが周囲に充満していて、決して危機は去っていない。

だが、

「ふ、ううっっ!!」

千穂《ちほ》と陽奈子《ひなこ》のすぐ傍《そば》で、大きく気合いを入れる呼吸が聞こえた。

「な……んで、こう、なるのよっ!!」

翻《ひるがえ》る長い髪と、土にめり込む細い脚。

千穂《ちほ》とさして変わらず、陽奈子《ひなこ》よりも小柄な恵美《えみ》は千穂《ちほ》達を背に庇《かば》いながら、

「ゆ、遊佐《ゆさ》さんっ!?」

「ひ、え、あ、な、何が……って」

「ひ、陽奈子《ひなこ》さんは見ないでくださいっ！」

「えええええええええええええええええ!?」

警告も虚《むな》しく、陽奈子《ひなこ》は衝撃の光景を目の当《ま》たりにする。

「ふぐるるるるるる……っ！」

「こ、の……大人しく、してっ!!」

恵美《えみ》が、突進してきた熊を、真正面から受け止めているのだ。

「ち、千穂《ちほ》ちゃん、早く離れてっ！」

「あ、え、あ、はい、ひ、陽奈子《ひなこ》姉ちゃんほら」

「う、うん？　え？　あ、うんでもあれ大丈夫なの!?　なんなの？　どういうことなの!?」

「今は気にしちゃだめ！　いいから早く！」

熊の全速力の突進を、都会のＯＬががっぷり四つで受け止められることについて、合理的に説明できる気がしない。

焦《あせ》った千穂《ちほ》は陽奈子《ひなこ》が立ち上がるのを待たず、半ば引きずるようにしてその場を離れる。

「え、恵美《えみ》！　大丈夫か!?」

「大丈夫じゃ……ないわよっ！　どうすればいいのよもうっ！　っせいっ!!」

真奥《まおう》の声に喚《わめ》き声で返事した恵美《えみ》は、腰に力を入れると、正面から熊の肩を掴《つか》み、気合一閃《いっせん》、四肢《しし》を大地に張っている熊をパワーだけで押し返す。

「ぐふうっ！」

押し返された熊は、唸《うな》りながら恵美《えみ》と押し合う力を支えにして、なんと上体を起こして立ち上がろうとするではないか。

「く……し、しぶといわねっ！」

人という字は、熊と異世界の勇者が支え合ってできている字ではない。

だが結果として、恵美《えみ》と熊は前のめりになりながら、お互いの腕を支えに組み合う形となってしまう。

「ままー！　がんばれー！」

「魔王！　ぼけっと見てないでアラス・ラムスをちょっとこの場から遠ざけて！」

恵美《えみ》は悲鳴を上げる。

深刻な非常事態のはずなのに、熊との相撲《すもう》を娘に応援されては母親というより女性としていたたまれない。

が、神はそんな恵美《えみ》を即座に見放した。

「陽奈子《ひなこ》っ！　一志《ひとし》っ!!　無事かっ!!」

水路の下の坂から聞こえてきた一馬《かずま》の声に、恵美《えみ》は絶望と共に項垂《うなだ》れた。

「か、か、かず、一馬《かずま》、あの、熊と、遊佐《ゆさ》さんが、あの、えっと」

一緒《いっしょ》に混乱した陽奈子《ひなこ》がなんとか状況を伝えようと四苦八苦する声も聞こえる。

「げっ⁉」

後から一馬《かずま》に追いついてきた芦屋《あしや》は、水田という名の土俵《どひょう》で繰り広げられる大一番を見て、思わずうめき声を上げた。

「あ、芦屋《あしや》さん！　一馬《かずま》兄ちゃん達を……！」

「あ、は、はいそうだ、あの、陽奈子《ひなこ》さんと一志《ひとし》君は無事だったんですから皆さんとりあえずうとする。

ここから離れて……！」

恵美《えみ》と熊の取り組みに絶句した芦屋《あしや》を千穂《ちほ》がせっつき、なんとか三人をこの場から遠ざけよ

「で、でも遊佐《ゆさ》さんが！　遊佐《ゆさ》さんがあれじゃ‼」

だが今度は一馬《かずま》が譲《ゆず》らない。

それはそうだろう。男だって熊は怖いが、だからと言ってか細い女性が熊に組みつかれてい

る状況を放置して逃げることなどできはしない。

だが、芦屋《あしや》と千穂《ちほ》にしてみれば、そうしてもらわねば困るのだ。

芦屋《あしや》は大きな体を使って必死に一馬《かずま》と陽奈子《ひなこ》の視界を遮《さえぎ》ろうとするが、その背後では、恵美《えみ》

と熊が組み合ったままお互いのバランスを崩そうと、所狭《ところせま》しとすり足で動き回りはじめている。

「一馬《かずま》兄ちゃん！　大丈夫だからとにかく電話！　警察と猟友会！　遊佐《ゆさ》さんは真奥《まおう》さんが守

るから！　そうですよね真奥《まおう》さん‼」

「…………あ、そ、そうか、え、恵美《えみ》ー。大丈夫かー！」

「気が散るからあなたは黙《だま》ってて！　このおおおっ‼」

千穂《ちほ》のほとんど金切声に近い声に一馬《かずま》は気圧《けお》され、真奥《まおう》はなんとか場を誤魔化《ごまか》すために棒読

みのセリフを吐《は》き、恵美《えみ》がそれを突っぱねる。

水や泥が撥《は》ねまくり、稲は薙《な》ぎ倒され、それでも東京からやってきたＯＬは、熊相手に一歩

も引かないどころかむしろ相手を土俵際《どひょうぎわ》まで追い詰めようとしていた。

その間、芦屋《あしや》と千穂《ちほ》は、陽奈子《ひなこ》をほとんど引きずるようにして下の方の田まで遠ざけた。

「ゆ、遊佐《ゆさ》さ―――ん!!」

陽奈子《ひなこ》の悲痛な叫《さけ》びが耳に届くが、恵美《えみ》こそ悲痛な声を上げて泣きたい気分だ。

素手のまま熊相手にこんな大一番を繰り広げては、もはやどんな言い訳も通用しまい。

「え、恵美《えみ》っ！　今だ！　一馬《かずま》さんと陽奈子《ひなこ》さんいなくな……」

「やることないなら黙《だま》ってて！　もう！　どうしてこうなっちゃうのよっ!!」

優勢のはずの恵美《えみ》は完全に涙目になりながら、ふと顔を上げる。

そのとき、熊と思わず目が合った。

耐え難い獣の臭《にお》いと呼気に顔を顰《しか》めずにはおれないが、その顔は、最初の印象以上に痩《や》せていた。

恵美《えみ》と組み合う腕も、摑《つか》んだ手先から熊の骨格が察せられるほどに細い。

飢《う》えて、いたのだ。

そしてこの熊にとって、藁《わら》にもすがる気持ちで食糧を求めてどこからか旅をしてきたのだろう。

「……ごめんね」

熊の身の上には同情の余地は多々ある。

だが、恵美《えみ》は人間だ。

今この場においては、日本に暮らし、人間社会の営《いとな》みの中に立って生きる、遊佐恵美《ゆさえみ》という一人の人間だった。

そして人間社会に害を為《な》そうとする者は、排除されねばならない。

恵美《えみ》は熊の反応速度をあっさり凌駕《りょうが》する速度で、ふっとしゃがみ込んで熊を支えていた体重を外す。

だが支えを失った熊の前足が、再び大地を摑《つか》むことはなかった。

懐《ふところ》に飛び込んだ恵美《えみ》の右の拳《こぶし》の一撃が、熊の下顎《したあご》にクリーンヒットする。

脳を揺《ゆ》らされて、熊は悲鳴すら上げることはなかった。

だが恵美《えみ》の攻撃はそれでは止まらない。

熊の体は恵美《えみ》の細腕から繰り出されたアッパーカットで浮き上がる。

恵美《えみ》は伸び上がった腕を体の横まで引くと、がら空きになった熊の胸の中心目がけて、返す右手で掌底《しょうてい》を打ち込んだ。

「うへぇ……容赦《ようしゃ》ねぇなぁ」

掌底《しょうてい》がヒットした瞬間《しゅんかん》、熊の体が、物理的な衝撃ではありえない痙攣《けいれん》を起こす。

恵美《えみ》が掌底《しょうてい》を打つと同時に、聖法気《せいほうき》のエネルギー塊《かい》を撃《う》ち込んだのだろう。

だが、

「しぶといわね……」

熊は、尚《なお》も立った。

まるで命を燃やし尽《つ》くすかのように、手加減されていたとはいえ、異世界の勇者の技をその身に受けて尚《なお》、熊は立ち上がった。

「ぐるおおおおおお‼」

決死の咆哮《ほうこう》と共に、熊は恵美《えみ》に渾身《こんしん》の一撃を加えんと腕を振りかぶる。

恵美《えみ》は、その腕を難なく受け止めると、流れるような動作で熊の腕の毛を左手で摑《つか》んだ。

思いきり自分の方に引きつけ、右手で胸倉を摑《つか》む勢いで更に引きつけ、

「はあああああっ‼」

上体のバランスが崩れた熊の全体重を、自分の肘《ひじ》、背、腰で浚《さら》い上げ、

「うおおおおお‼」

見ていた真奥《まおう》が歓声を上げてしまうほど見事な一本背負いを放った。

熊の黒々とした巨体が田の水を撥《は》ね上げ、青い空に弧を描《えが》いた。

轟音《ごうおん》を上げて熊は背中から大地に落ち、その衝撃で田の水と泥が激しく飛沫《しぶき》を上げる。

「はぁっ……はあっ……もう、起きないでよ」

熊はまだ生きてはいるようだったが、もはや背負い投げされた形で気絶したようだ。

恵美《えみ》は熊の沈黙《ちんもく》を確認し、大きく息を吐《は》き、ようやく緊張を解く。

が、

「ゆ、ゆ、遊佐《ゆさ》さん？」

後ろからかけられた声に、すぐさま背筋を伸ばして顔を強張《こわば》らせる。

恐る恐る振り向くと、そこには恵美《えみ》の背と、恵美《えみ》の目の前に倒れている熊をこれ以上ないほど見開いた目で見比べている陽奈子《ひなこ》と、武器にするつもりだったのだろうか、頼りない木の棒を構えた一馬《かずま》の姿があったのだ。

「あ、あの……これは、その」

恵美《えみ》は戦いの余韻《よいん》によるものではない汗を滝のように流しはじめる。

「ゆ、遊佐《ゆさ》さん今、そ、その熊、えっと」

「ち、違うの一馬《かずま》さん！　そ、その、違わないけど私は何も特別なことはそのあのえっと」

「……な、投げ……」

背負い投げを、見られていた。

そのとき一馬《かずま》の後ろから棒を持って芦屋《あしや》が現れ、それから千穂《ちほ》も顔を出す。

二人とも申し訳なさそうな顔をしているのは、一馬《かずま》を止められなかったからだろう。

芦屋《あしや》が棒を持っているのは、要するに一馬《かずま》と共に恵美《えみ》を助けにきた体《てい》だからだ。

それが最悪のタイミングだったのは、一馬《かずま》の目が、背負い投げされた熊の最高到達点である空を見ていたことからも明らかだ。

恵美《えみ》はもう完全に涙目で、

「してないそんなことしてないわ熊が足を滑らせただけよ私は本当に逃げ回ってただけで命からがらだからあのその真奥《まおう》！　芦屋《あしや》！　千穂《ちほ》ちゃん！　なんとか言って！」

奇妙《きみよう》なダンスでも踊るような仕草で熊の毛がこびりついた袖を拭《ぬぐ》いながら、恵美《えみ》は顔を真っ赤にしてなんとか言い訳しようとするが、例え背負い投げの瞬間《しゆんかん》を見られていなかったとしても、熊の毛だらけの恵美《えみ》の足元で熊が倒れていれば誰がどう見たところで、

『恵美《えみ》が熊を倒した』

としか思えない。

恵美《えみ》らしくもなく真奥《まおう》や芦屋《あしや》にも素直に助けを求めたが、もちろん二人は一馬《かずま》を納得させるだけの解説ができるはずもなく、千穂《ちほ》も明後日《あさって》の方向に目をそらしている。

そして、

「ますごいの！　くまどーんて！」

アラス・ラムスの一言で、全てが終わる。

それは駒ヶ根《こまがね》の佐々木《ささき》家に末代まで語り継がれることとなる『熊殺しの遊佐恵美《ゆさえみ》伝説』が誕生した瞬間であった。

魔王と勇者、佐々木家を守るために立ち上がる

「おーい、見てみろよこれ！」

マウスをひっきりなしに動かしながら、漆原《うるしはら》は楽しそうにパソコンを操作する。

「……」

「地方紙はもちろん、全国紙の地方欄にも扱いは小さいけどばっちり載ってるよ！」

「……」

「いやー、これ本当、写真撮られなくて良かったな！　ちょっと都市部に行ったら余裕で携帯で写真撮られて、あっという間に拡散してるよ」

「……」

楽しそうにしている漆原《うるしはら》とは対照的に、頭を抱《かか》えたまま部屋の隅でうずくまっているのは、当然のことながら恵美《えみ》だ。

漆原《うるしはら》の挑発しているのか本気で喜んでいるのか分からない言葉に言い返す気力すら無く、ひたすら頭を抱《かか》えて唸《うな》っている。

いるはずのない熊が人里に下りてきた、というのは場所が場所なら全国ニュースで報道されるほどの一大事だ。

それこそ自然保護、動物保護などの観点からその日一日は論争が起こる展開だが、今回はくっついているオマケが壮絶《そうぜつ》すぎて、本来の問題は霞《かす》んでしまっている。

「えー、何々？『駒ヶ根《こまがね》市に下りた熊を倒したのは、農業手伝いの女性（23）。体長二メートルの雌《めす》の熊相手に睨《にら》み合いでも一歩も引かず、一喝《いっかつ》してひるませたところを拳《こぶし》で一撃、気絶させたという。』これ、スポーツ紙のサイトのコラムね」

「いい加減なこと書かないでよ！　散々競《せ》り合った末に投げ飛ばしただけよ！」

恵美《えみ》もようやくささやかな反論を試みるが、そんなことを言っても記事を書いたマスメディアにも、その向こうの読者にも届かない。

「そっちの方がよっぽど凄《すご》いだろ」

漆原《うるしはら》はあっけらかんと笑う。

一方でそんないい加減な話が誌面を賑《にぎ》わしているのは、真奥《まおう》達はもちろん、一馬《かずま》や陽奈子《ひなこ》も外部に何も漏《も》らしていない、ということでもある。

「それから……『ただし本来ならば登山などの際に熊と遭遇したら、睨《にら》み合ったままゆっくり後退し、安全を確保してから警察や猟友会に通報するよう、読者諸氏には注意を促《うなが》したい』だってさ」

「私だってそうしたかったわよっ！　大体私の年齢が二十三て何よ！　分からないこと適当に書くとかどうかしてるんじゃないの!?」

恵美《えみ》は漆原《うるしはら》に噛《か》みつく。

昼間の熊騒動《そうどう》は、市内はもちろん長野県全体でもちょっとした騒《さわ》ぎになった。

県全体で見れば熊が人里に出没した例は無いではないが、それでも駒ヶ根《こまがね》市の佐々木《ささき》家周辺地域では初めてのことだったし、熊が通過したと思われるルート上の自治体も、市民に大いに警戒を促《うなが》した。

佐々木《ささき》家の通報を受けてやってきた警察と猟友会は、当たり前のことだが、女性が一人で熊を倒したなどという話を信じなかった。

だが稲穂以外何も無い水田で熊が倒れているのは事実であり、一体どういう理由でこの熊はこんな所で気絶したのか、と考えると、その場にいた人間がなんとか対抗した、としか考えられず、最終的に警察は『住民が適宜《てきぎ》対処して捕獲』と発表した。

怪我《けが》人はおらず、熊も死んではおらず、熊出没事件としてはいささかセンセーショナルさに欠けることもあってすぐに忘れ去られるかと思いきや、事件のあったその日のうちに、地方新聞の記者や週刊誌、スポーツ紙の記者と名乗る連中が佐々木《ささき》家近辺に出没しはじめたのだ。

警察発表では事実として認識されてはいないものの、どこからか現場にいたのが若い女と子供連れの男一人だったということが漏《も》れたらしい。

やがて、熊を倒したのは若い女性、という話だけがネット上で独り歩きをしはじめ、結果、恵美《えみ》は漆原《うるしはら》と一緒《いっしょ》に佐々木《ささき》家の二階に引きこもらざるをえなくなってしまったのだ。

「そもそもね！　あのフザけた車があんな馬鹿《ばか》なことしなければ、私が熊と戦うことになんかならなかったのよ！　どこかに書いてないの⁉　事件を誘発した車のことは！」

駆《か》けつけた警官には、熊を驚かせた謎《なぞ》の黒いＲＶ車のことはもちろん話している。

だが、車に詳《くわ》しくない恵美《えみ》達にはなんとなくの形と色くらいしか伝えることができず、ナンバーを見る余裕も無かったため、悪質性は高いものの検挙は難しいだろうという非常に腹立たしい答えが返ってきた。

「いや？　どこもかしこも金太郎ばっか」

「誰が金太郎よっ!!」

恵美《えみ》は腹立ちまぎれに、部屋の隅に重ねられていた座布団を一枚ひっ摑《つか》んで漆原《うるしはら》に投げつける。

「その怒ると物投げつけるクセやめろよな！　それに熊を投げ飛ばしたのは本当なんだろ」

背中に座布団を思いきり食らって、漆原《うるしはら》は口を尖《とが》らせる。

「いいじゃんいいじゃん。佐々木陽奈子《ささきひなこ》と子供が無事だったんだからさ」

「その腹立たしいニヤニヤした笑いをやめてから言えば、素直に頷《うなず》けたわよっ！」

座布団二枚目。だが漆原《うるしはら》は堪《こた》えない。

とそこに、

「何を騒《さわ》いでいるんだ」

三角巾を被った鈴乃《すずの》が、部屋の襖《ふすま》を開けた。

「半蔵《はんぞう》殿、いい加減恵美《えみ》殿をからかうのはやめろ。もう万治《まんじ》殿があらかた記者を追い払ってくれたし、そもそも長続きするような話題ではない」

鈴乃《すずの》は部屋の様子を見て、漆原《うるしはら》と恵美《えみ》の間に何があったかすぐに察したようだった。

それと同時に、恵美《えみ》と漆原《うるしはら》もあることに気づく。

鈴乃《すずの》が、自分達を日本の名で呼んでいる。誰か、すぐ傍《そば》にいるのだ。

「……一馬《かずま》殿、良さそうだ」

果たして鈴乃《すずの》の後ろから現れたのは一馬《かずま》だった。

「すまん、ちょっといいか」

一馬《かずま》は言うと鈴乃《すずの》に促《うなが》されて部屋に入ってきて、恵美《えみ》の前に座る。

鈴乃《すずの》は襖《ふすま》を閉じるとその後ろに正座した。

一体何が始まるのかと思いきや、突然一馬《かずま》が物凄《ものすご》い勢いで頭を下げたのだ。

「本当に、本当に、陽奈子《ひなこ》と一志《ひとし》を守ってくれて、ありがとう!」

「あ、ど、どうも」

「念のために陽奈子《ひなこ》は病院行ったけど、転んだときの擦《かす》り傷だけでなんともないそうだ。本当に、本当にありがとう!」

「陽奈子《ひなこ》さん、そう……良かった」

恵美《えみ》の胸にあるのは、陽奈子《ひなこ》に大した怪我《けが》が無いことを喜ぶ気持ちが半分、もう半分は一馬《かずま》が次に何を言い出すのかという不安だ。

地球の常識で考えれば、弱っているとはいえ生身の人間が熊を相手に徒手空拳《としゅくうけん》で戦った上に投げ飛ばせる道理は無い。

そのことが、一馬《かずま》の中でどう咀嚼《そしゃく》されているのだろう。

だが恵美《えみ》側からそれを突っ込むのも何かおかしい気もするし、どうするか悩んでいると、

「ところで、本当に遊佐《ゆさ》さんは病院に行かなくていいのか？」

「え？」

「走ってくる熊を正面から止めたんだろう？」

「ぶっ！」

投げ飛ばしたどころの話ではなかった。

当然の流れかもしれないが、陽奈子《ひなこ》は熊と恵美《えみ》の取り組みの立ち合い部分から全て包み隠さず話したらしい。

「だ、大丈夫ですよ。お風呂は借りたし、着替えもありましたから」

慌《あわ》てた恵美《えみ》は、全く答えになっていないことを答える。

実際のところ、恵美《えみ》の被害といえば全身に熊の臭《にお》いが染みついてしまった程度なのだ。

「そうか……でも、本当に後から体に何か異常があったら、絶対にこっちに言ってくれよ？

できる限りのことをさせてほしいから」

「は、はい。じゃあ、そのときには」

恵美《えみ》はどうにか笑顔《えがお》を作って頷《うなず》く。

「それじゃあ、遊佐《ゆさ》さんはゆっくり休んでくれ。遊佐《ゆさ》さんの分は真奥《まおう》さん達が頑張ってくれてるし、今日の遊佐《ゆさ》さんは佐々木《ささき》家の英雄だからな」

またひとしきりお礼を言って、恵美《えみ》の手を握ってまた頭を下げてから、一馬《かずま》は去った。

「……ふぅ、まぁ、これなら大丈夫だろう」

一馬《かずま》が階段を下りる音を聞きながら、彼がいる間ずっと一馬《かずま》を見続けていた鈴乃《すずの》は大きく息を吐《は》く。

「エミリアが倒した熊は『飢《う》えて体力の無い年老いた熊だった』ということらしい」

「え？　どういうこと？」

恵美《えみ》は首を傾《かし》げる。

確かに飢えた熊ではあったろうが、体力の無いとか老いたということは、あの熊には当てはまらないような気がする。

「なるほどね、そっちで整合性を取るわけか」

だが漆原《うるしはら》は、鈴乃《すずの》の言葉に納得した様子だ。

「そりゃ都会のＯＬが格闘の末に背負い投げで熊を気絶させたなんて言うより、まだそっちの方が納得できるもんね」

「そういうことだ」

「ああ……」

つまり恵美《えみ》が人間として異常な強さを持っているわけでなく、熊が元から瀕死《ひんし》で、恵美《えみ》の必死の抵抗が偶然功を奏した、という筋書きで全員が納得した、ということだろう。

実際は瀕死《ひんし》の野生動物の力というものは決して侮《あなど》れないのだが、世の中がそう納得したのならそれに越したことはない。

「でも、世の中はそれで良くても、一馬《かずま》さんや陽奈子《ひなこ》さんは目の前でそれ見てるのよ？」

恵美《えみ》が不安なのは、どちらかといえばそのことだ。

実際に見た人間が抱《いだ》いたインパクトは、文章で伝わる以上のものだったはずだ。

すると鈴乃《すずの》は、複雑な表情で頷《うなず》いた。

「一馬《かずま》殿が何を言い出すかによっては、千穂《ちほ》殿には申し訳ないが記憶操作も辞さないつもりでいた」

それで鈴乃《すずの》は、じっと一馬《かずま》の後ろで座っていたのか。

「だが一馬《かずま》殿も陽奈子《ひなこ》殿も、外はもちろん『遊佐恵美《ゆさえみ》』の友人である私の前ですらエミリアの戦いの詳細《しょうさい》を一言も話さなかった。二人が熊事件の全てを過去にすることにしたのなら、後から真実をうっかり誰かに漏《も》らしたとしても、それはもはや酒宴《しゅえん》の戯言《ざれごと》にしかなるまい」

「そっか……」

一馬《かずま》と陽奈子《ひなこ》がそうすると決めたなら、もう恵美《えみ》の側からそれを掘り起こしてはならない。

彼らと自分の、そして千穂《ちほ》との間にある絆《きずな》を不確かなものにするからだ。

恵美《えみ》の、少しだけ寂しげな、それでいて安堵《あんど》したような表情に、鈴乃《すずの》もすっと目を伏せる。

「まぁ『熊殺し』の二つ名はエミリアにとっては不本意かもしれないが、佐々木《ささき》家に事実と異なる記憶を……」

「ちょっと待ってベル。何、その『熊殺し』って」

「刷り込むよりはいい……うん？」

一馬《かずま》や他の佐々木《ささき》家の面々に、不審な思いを抱《いだ》かれずにホッとしたのも束《つか》の間、降って湧《わ》いた物騒《ぶっそう》な二つ名に恵美《えみ》は目を剝《む》き、

「ぶふっ、く、熊殺しって……」

漆原《うるしはら》が噴き出す。

鈴乃《すずの》は恵美《えみ》の剣幕に一歩身を引き、

「い、いや、私は昼の事件を魔王とアルシエルから聞いたのだが、そのとき盛んに奴《やつ》らがそう言うからてっきり……」

「まあああああおおおおううう〜〜〜〜っっっ!!!!」

恵美《えみ》は先ほどまでの静けさから一転。

瞳《ひとみ》から憤怒《ふんぬ》の炎を吹き出しながら、この場にいない真奥《まおう》に吼《ほ》える。

「い、いや待て落ち着けエミリア！　魔王もアルシエルも今は家にいない！　先ほど万治《まんじ》殿と一緒《いっしょ》に出かけた！」

　そのまま襖《ふすま》を蹴破《けやぶ》って飛び出しかねない恵美《えみ》を、鈴乃《すずの》は慌《あわ》てて制止する。

「離してベル！　アラス・ラムスはどこにいるのっ⁉　まさか魔王と一緒《いっしょ》にいないでしょうね⁉」

「あ、アラス・ラムスは下の座敷で一志《ひとし》と一緒《いっしょ》に昼寝している！　案ずるな！」

「案じるわよ！　アラス・ラムスに『ままくまごろしー！』とか言われてごらんなさい！　私一生立ち直れないわ！」

「でも倒すとこは見られてるわけだろ？」

　漆原《うるしはら》は冷静に突っ込むが、そういう問題でもないのだ。

「子供は語呂や語感を気に入ると、ずっとそれ言い続けるのよ！　魔王がアラス・ラムスに『熊殺し』とか言い出したその瞬間《しゅんかん》、魔王の首を刎《は》ね飛ばしてやるわ！」

「どんな宣言だっ！　頼むから落ち着け！」

「何がそんなに嫌《いや》なんだよ。そもそもエミリアは最初から『悪魔殺し』だろ？　『熊殺し』なら、最初から頭取れてんじゃん」

「うまいこと言ったみたいな顔してるんじゃないわよ嫌《いや》に決まってるでしょ‼　どこの世界に『熊殺し』呼ばわりされて喜ぶ女がいるって言うのよ！　大体悪魔殺しだって好きでやりはじめたんじゃないんだからっ‼」

　電光石火の動きといささか殺伐《さつばつ》とした乙女心を発揮した恵美《えみ》は、漆原《うるしはら》に向けて三枚目の座布団を全力で投げつけ、顔にクリーンヒットさせたのだった。

※

「うっ……」

「どうした、真奥《まおう》さん」

「あ、いや、ちょっと寒気が……」

「この暑いのにけ。風邪《かぜ》だけは引かんようにしてくれよ」

梱包作業所の片隅で、真奥《まおう》は正体不明の悪寒に襲われて身震いする。

「はい、これで最後です」

「はいよ、ご苦労さん」

真奥《まおう》は抱《かか》えた箱に入っていた最後の苗を、万治《まんじ》に手渡す。

万治《まんじ》はその苗を丁寧に土に植え、大きく息を吐《は》いた。

「さて、どうなることやら」

「うまく行くといいですね。これだけ植えたら、結構な量になるんじゃないですか？」

茄子《なす》やキュウリの畑とは違う場所に連れていかれた真奥《まおう》と芦屋《あしや》。

しっかり遮光されているビニールハウスの中には整然と畝《うね》が並んでおり、今日からここで、イチゴの栽培実験をするというのだ。

夕方で、遮光がされていて、例によって風が流れるハウスとはいえ、基本的には蒸し風呂状態である。

何度も汗を拭《ぬぐ》いながら作業をしていた万治《まんじ》は、立ち上がると大きく伸びをして凝り固まった腰をほぐした。

「まぁ、最初の内は自家用よ。数もこんだけじゃ売れんし、よっぽどうまく行って、外に出せるのは三年後ってとこじゃねぇか」

「万治《まんじ》さん、概《おおむ》ね草取り終わりました」

そこに、芦屋《あしや》が外から入ってきて声をかけてくる。

芦屋《あしや》はハウスの外。何も植わっていない畑の草取りをしていたのだ。

万治《まんじ》曰《いわ》く、イチゴの栽培が軌道に乗れば芦屋《あしや》が草取りをした畑にハウスを増やして、生産ラインを確立させるのだと言う。

「でも、三年じゃ相当先ですね」

「うまくいかにゃ、場合によっては五年先かもしれねぇしな。どっちにしても俺はもうそろそろ体もきついで、後のことは一馬《かずま》に任せてゆっくりしてぇんだけどもなぁ」

朗《ほが》らかに笑う万治《まんじ》。

千穂《ちほ》の祖母であるエイが元気なので忘れがちだが、万治《まんじ》も既にお爺《じい》ちゃんと呼ばれる立場なのだ。

「でもまぁこんなこと言っとると由美子《ゆみこ》に怒られるで、内緒《ないしょ》にしといてくれよ。このご時世、働けるだけありがたいんだからお父ちゃん文句が多いってうるせぇに」

「私も、日頃漆原《うるしはら》にはそう言って聞かせているのですが……」

万治《まんじ》の言葉が胸に染み入るのか、芦屋《あしや》が遠い目をする。

「漆原《うるしはら》さんは、もうちょっと体力つけにゃぁなあ」

万治《まんじ》はまたそう言って笑う。

一馬《かずま》は何も言わなかったが、やはり傍目《はため》には漆原《うるしはら》の仕事量は、はっきりと真奥《まおう》や芦屋《あしや》には劣っているのだろう。

「それでも働こうっちゅう気持ちがあるだけええ。今は働けるのに働こうとしない衆もおるっちゅうじゃねぇか。おやげねぇことよ」

「「……」」

漆原《うるしはら》もどちらかというと後者の部類なのだが、一応評価はしてくれているのだからそれをあえて落とす必要もないだろう。

「まぁ偉そうに言う俺も、一馬《かずま》や由美子《ゆみこ》にはへぇかなわんぜ」

「そうなんですか？」

聞き返すと、万治《まんじ》は苦笑いして頷《うなず》く。

「うちは元々米農家なのよ。野菜は自家用しか作っとらなんだの。でも一馬《かずま》が高校に入って親に手かけなくなったころから由美子《ゆみこ》が手を広げはじめて、いつの間にか俺が法人の社長とかいうでたまげちまって」

「へぇ」

千穂《ちほ》や里穂《りほ》からは、万治《まんじ》の代から法人化したということしか聞いていなかったが、あの底抜けに明るい女傑が動き回っていたとは。

「ほいで一馬《かずま》も、お母ちゃんにほだされて東京の大学で経営とか農法とか勉強して、大学で会った陽奈子《ひなこ》を連れて帰ってきて、事業を広げはじめたのよ。おかげで俺や親父《おやじ》……千穂《ちほ》の祖父にあたる人だけぇど……がやっとったころから、年商が三倍」

万治《まんじ》は複雑な表情で指を三本立てる。

「年商三倍は凄《すご》いですね!?」

真奥《まおう》が勤めるマグロナルド幡ヶ谷《はたがや》駅前店も、常に日商前年比百パーセント越えを果たし、化物店舗などと言われることもあるが、年商で三倍となるとそれどころの騒《さわ》ぎではない。

「まぁ、元が大したことなかったのよ」

万治《まんじ》は苦笑する。

「大学の研究室とかけあって畑にならんところに実験用の太陽電池パネルを安く置いたり、俺達の時代じゃ考えられんけぇども農協を通さずに都内のレストランとかと有機野菜の直接売買する契約取ったり、昔は捨てるしかなかったクズ野菜を小銭程度だけどお金になるように引き取ってもらうようになったりとかな」

「ああ……先ほどの」

最後のクズ野菜のことについて、芦屋《あしや》が深く頷《うなず》いた。

「昔は、ああいったものはどうしていたんですか？」

「本当に昔は燃やしたり埋めたり、あとは普通にゴミに出してたなぁ。それだけやっても未だにその場で捨てにゃならんものもあるに」

最初の作業が始まる直前、一馬《かずま》と陽奈子《ひなこ》が紙屑《かみくず》を捨てるように茄子《なす》を捨てた衝撃の瞬間《しゅんかん》を、芦屋《あしや》は忘れられなかったが、今日、その謎《なぞ》が解き明かされた。

恵美《えみ》も真奥《まおう》に語ったクズ野菜というのは、収穫する度に、想像を絶する量が出るのだ。

種や苗を植える時点で、全ての作物は出荷予定量よりもずっと多い収穫量を想定して栽培を始める。

天候不順や台風などの自然災害、病気、他にもなんらかの事故でダメになる分を考慮《こうりよ》してのことだが、それでも大抵の場合、商品規格に収まるものすら、若干《じやつかん》余る。

まして育ちすぎたもの、育ちきらなかったものを始め、様々な理由で出荷規格から外れた作物の量は、出荷する野菜の総量に迫《せま》る場合すらあるのだ。

時にはA品と呼ばれる高水準の規格に合格した作物ですら、市場の動向や全国的な生産量などの数字次第で廃棄せざるを得なくなることもある。

農家の規模によっては数百キロ単位で出る廃棄野菜を『もったいない』といちいち拾っているだけの余裕はどこにも無い。

ここ数年は全国で廃棄野菜の活用法が模索されはじめているが、あくまで模索の段階であり、廃棄される野菜の総量を大幅に減らすには至っていない。

イチゴ苗の定植作業に入る前、真奥《まおう》と芦屋《あしや》は万治《まんじ》と共に選果工場の裏手で、恐らくは太陽光発電施設で提携している大学と同じ所なのだろうが、とある大学のトラックに廃棄野菜を大量に積み込む作業を手伝った。

なんでもその大学の研究室では、農産物から電気を作る実験をしているのだという。

化石燃料や原子力発電に変わる新たなエネルギー生産の道を作ろうしているとのことだったが、科学に疎《うと》い真奥《まおう》も芦屋《あしや》も、何をどうすれば茄子《なす》やキュウリやトマトやキャベツやレタスから電気が生まれるのか、そもそも何故《なぜ》野菜が電気を生むと考えるに至ったのか、まるで分からなかった。

もちろん大学は廃品業者ではないので、廃棄作物全てを引き取ってもらえるわけではない。

有機肥料を作る業者や、廃棄品の中でも食品として無害なものは福祉施設などに安く卸したりと、農家も消費市場に出回らない方法でロスを削減しようと必死なのである。

「もちろん育てたこっちとしちゃ、美味《うま》いって人に食べてもらうのが一番なことは間違いないんだけぇどな。それでも丹精《たんせい》込めて育てたもんを自分で捨てて殺すよかどんなことでも役に立ってもらいてぇで」

言いながら、万治《まんじ》はもう一度伸びをすると、

「ま、つまりはそんだけ忙しいで、俺ぁまだ引退できんちゅうことよな」

そう笑って、道具の片付けを始める。

その姿を見ながら、真奥《まおう》と芦屋《あしや》は嘆息《たんそく》した。

「食べ物を作る、というのは、大変なことですね」

「……そうだな。なんだか……」

「はい？」

「魔界が……俺が統一するまで、争いが全く収まらなかった理由が分かった気がする」

「……魔王様？」

真奥《まおう》の意識は、そう遠くもない過去へと回帰する。

赤い大地に赤い空。

真奥《まおう》や芦屋《あしや》達が生まれた魔界に満ちているのは、恨《うら》みと、狂気と、暴力だった。

魔界に住む悪魔達は、特定の種族を除けば、生命エネルギーを得るために食事をする必要が無い。

大気に満ちる魔力。それそのものが生きるための糧《かて》であり、暴力こそが全ての魔界で生まれる悲劇は、いつまでもその力で魔界全土を覆い尽《つ》くしていた。

「食い物を生まない世界は、社会を形成できねぇんだ」

食べるために生きる。

獣と魚を狩り、草や実を育て、それらを交換することこそ、最も原始的な人間の社会だ。

だが、魔界の魔力は、誰かが生産したものではない。

魔界にいる悪魔、全てが生きている限り得られる無限の力だ。そのはずだった。

「……仰《おつしゃ》ることは分かりますが、ですがそれは魔王様の責任ではございません。魔界は、我らの生まれるずっと以前から、そういう場所でした。その全てを救おうとした魔王様の尊《とうと》いご意志を否定することは、誰にもできません」

「その尊かったはずの意志がちょっと視野が狭《せま》かったせいで、今こうなってんだけどな」

「失敗は成功の母とも申します」

「そう割りきれたらどんなに楽かねぇ」

「おーい、そろそろ帰るぜ、暗くなりはじめてるしな。帰って飯を食って、風呂に入ろう！」

そのとき万治《まんじ》が声をかけてきて、真奥《まおう》と芦屋《あしや》は顔を見合わせる。

「ま、割りきれなくても腹は減るか」

「しかし、ここに来てまでベルの料理を食べることになるとは思いもしませんでしたね」

結論の出ない複雑な思いを腹の底にしまって、二人は万治《まんじ》に促《うなが》されてビニールハウスを後にする。

三人が家に着く頃には、日が落ちかけていて、そこかしこから夏の虫や蛙《かえる》の大合唱が聞こえはじめていた。

「ん？　なんだ？」

ライトバンを運転していた万治《まんじ》がふと、前方を見て声を上げた。

家の前に、佐々木《ささき》家のものではない軽トラックが止まっている。

玄関の明かりもついていて、誰か来客だろうか。

玄関をくぐると、そこには精悍《せいかん》な顔つきの老人が立っていて、玄関に由美子《ゆみこ》が出てきて何か応対をしていたようだ。

「あれ、どうもお世話様です！」

万治《まんじ》は老人の顔を見て軽く頭を下げた。

「やい万治《まんじ》さん、ちょうど良かった。由美子《ゆみこ》さんにも話してたとこなんだけぇど」

振り返って言う老人の顔が暗いのは、決して玄関の明かりが逆光になっているからだけではあるまい。

真奥《まおう》と芦屋《あしや》の姿を捉《とら》えたその瞳《ひとみ》が、かすかに鋭《するど》くなる。

「……そっちの二人は？　見ない顔だけぇど」

「ん？　ああ、例のことで東京から来てくれたアルバイトの真奥《まおう》さんと芦屋《あしや》さんえ。千一《せんいち》の紹介で。ああ、二人とも。こちら自治会長の恩田《おんだ》さん」

「どうも」

真奥《まおう》と芦屋《あしや》は促《うなが》されて軽く老人に会釈《えしゃく》する。

「ほうか、千一《せんいち》さんの紹介じゃあ身元は確かっちゅうことか」

「身元？」

日常生活では、物騒《ぶっそう》な話題のときにしか出ないような単語だ。

真奥《まおう》と芦屋《あしや》は怪訝《けげん》な顔をする。何か、初対面の余所者《よそもの》を警戒する理由があるのだろうか。

最初の警戒こそ万治《まんじ》の紹介を聞いて解かれたものの、恩田《おんだ》老人は歴史を感じさせる深い眉間《みけん》の皺《しわ》を更に深くして言う。

「市内で畑泥棒が出た。もう何軒か、果物を中心にやられてる」

その瞬間万治《しゅんかんまんじ》の顔が強張《こわば》った。

※

「いやでも、不謹慎《ふきんしん》だけどあの瞬間は感動しちまった。なあ、芦屋《あしや》もそうだろ？」

「仰《おっしゃ》る通りです」

二階の真奥《まおう》達の部屋。

畳の上に車座になる、真奥《まおう》、芦屋《あしや》、恵美《えみ》、アラス・ラムス、千穂《ちほ》、鈴乃《すずの》、そして少し離れた所に漆原《うるしはら》。

日頃魔王城に集結するメンバー全員が久方ぶりに揃《そろ》った席で、真奥《まおう》と芦屋《あしや》は感慨深げに語る。

「恩田《おんだ》老人の『身元は確か』の言葉で、私の日本での生活は、僅《わず》かですが報《むく》われました」

「初めてヴィラ・ローザ笹塚《ささづか》の部屋借りたときは、きっぱり『身元不確かな客』とか言われてたもんなぁ。それがちーちゃんの親父《おやじ》さんの紹介ってだけで一瞬《いっしゅん》で信用されるとは……」

「もう我々は、佐々木《ささき》家には足を向けて寝られませんね」

「べ、別にそこまでしてもらわなくても……」

千穂《ちほ》としてはそこまで持ち上げられても困ってしまうが、真奥《まおう》の感動は止まらない。

「とりあえず笹塚《ささづか》のちーちゃん家《ち》とここの方角はきちんと調べておかねぇとな！　んで恵美《えみ》、お前なんでさっきから、アラス・ラムスを俺から遠ざけようとすんだよ」

「あなたが余計なこと吹き込まないようによ」

「あ？」

恵美《えみ》は先程から真奥《まおう》が何かを喋《しゃべ》る度に、アラス・ラムスの耳を塞《ふさ》ごうとするのだ。

『熊殺し』のワードを恐れてのことだったが、それを言うほど恵美《えみ》も愚《おろ》かではない。

言えば真奥《まおう》は絶対に面白がって言い出すに決まっている。

「大体そういうことなら、足向けられないリストに永福町《えいふくちょう》の方角も入れておきなさい。私が昔、身元保証人になってあげたこと、忘れたわけじゃないでしょうね」

「いや、お前とちーちゃんちじゃ受けた恩が比べ物にならんし、大体それは貸し借り無しになった話だろうが」

「ゆ、遊佐《ゆさ》さん？　なんですか？　真奥《まおう》さんの身元保証人って」

「あ、ち、千穂《ちほ》ちゃん？　違うのあのね、本当に最初の頃にこのバカ達があそこのニートとやり合ったときに私にさんざん迷惑を……」

「おい芦屋《あしや》、帰ったら恵美《えみ》のマンションの方向調べろ。意地でも足向けて寝てやる」

「は……しかし、その、そうするとアラス・ラムスにも足を向けることになりますが」

「じゃあ恵美《えみ》の職場だ！」

「それは鈴木《すずき》さんに申し訳がありません」

「……そろそろいいか？」

どこまで行っても実りの無い、虚《むな》しさの極致の争いの中で、鈴乃《すずの》の声が涼やかに、厳しく響いた。

決して力のある声でもなかったのに、話の輪に全く入っていなかった漆原《うるしはら》すら迫力に引かれて一瞬《いっしゅん》振り向く。

「今は、身元がどうとか話している場合ではあるまい。魔王、アルシエル。貴様らがそこまで佐々木《ささき》家に恩義を感じているのならば、今直面している危機をなんとかすることを考えろ」

「ああすまん、そうだな」

思いのほか素直に謝った真奥《まおう》は、胡坐《あぐら》をかき直すと厳しい目つきで、先ほどの恩田《おんだ》老人の話の続きを思い出す。

恩田《おんだ》老人は、市内で発生した果樹園や田畑の作物盗難について警戒するよう、各戸に呼びかけて回っている最中だった。

被害に遭っている作物は、果物やスイカ、トマトなど、小売り単価が高いものばかりだと言う。

「佐々木《ささき》家も、スイカとトマトを扱っていますね」

芦屋《あしや》がこれまでの作業を思い出しながら言う。

「でも盗んでまでトマトをどうにかしようなんて奴《やつ》いるの？　果物とかと比べると、そんなに高額なイメージないいんだけど」

漆原《うるしはら》がパソコンを叩《たた》きながら言う。

「一馬《かずま》兄ちゃんが言ってたんですけど、ブランド野菜らしいんです。農協以外にも都内の一流レストランとかに直接卸してるとかで、そういうのが最近流行《はや》ってるらしくて」

「ふーん、トマトにブランドねぇ」

漆原《うるしはら》はピンとこないのか、首を傾《かし》げていたが、

「あった、これか。確かにニュースになってるね。扱いは小さいけど」

目的のページを見つけたのか、パソコンを全員の前に押し出してくる。

「……犯行時刻が分からないってのは、痛いな」

真奥《まおう》が顔を顰《しか》める。

「場所が場所だしねぇ。大体どこも大きな畑抱《かか》えてて、隣の家との距離が歩いて十分以上離れてるようなとこだもん。監視カメラも無いだろうし、時間絞《しぼ》れって方が無茶だよ」

「だが、さすがに夜の間に限定はできるだろう」

漆原《うるしはら》の言葉を引き継いで、鈴乃《すずの》が言う。

「この家の台所で働いていて気づいたが、ここは都内ではありえないほど地縁の結びつきが強い。訪ねてみえた近所の衆はもちろん、郵便局員や宅配便の者まで、私がこの家の者ではないと気づいて何者かと誰何《すいか》してきたほどだ。いくら人気《ひとけ》が無いとはいえ、昼間に人目につくリスクを考えれば、やはり夜が妥当《だとう》だろう。佐々木《ささき》家もそうだが、やはり農家は夜早い時間に寝静まってしまうからな」

「じゃあ、夜に見回りをすればいいんじゃないですか」

千穂《ちほ》のシンプルな提案に、難色を示したのは恵美《えみ》だった。

「口で言うほど簡単なことじゃないわ。相手の手口も、そもそも来るかどうかも分からないのに、丸一晩この広い土地を見回る労力は、並大抵じゃないわよ」

「それくらい……いや、無理か」

真奥《まおう》はそれくらい俺と芦屋《あしや》がやれる、と言おうとして、すっと冷静になる。

真奥《まおう》と芦屋《あしや》は、何事も無ければ明日朝早くから、また仕事をしなければならない。

そうすると夜の活動時間はどうしても限られてくるし、そもそも土地の広さに対して人数が少なすぎる。

窃盗犯は傾向としては高額な作物を狙《ねら》っているが、単価が低くても量を盗まれてしまえば被害の大きさは変わらないし、そうなると一点に張りついていては他を狙われた場合に完全に徒労に終わってしまう。

「何より、我々はあと何日もいられません。我々の後から来る者達がどのような立場の人間か分かりませんが、我々が無料奉仕で警備を買って出たとしても、後の人員に警備をさせればその分人件費が発生します」

芦屋《あしや》も渋《しぶ》い顔で言う。

「一応農協でそういう保険は扱ってるみたいだけど、まぁこういうことを佐々木《ささき》家の人達が考えないわけがないし……お手上げじゃない？　それこそ、素人《しろうと》の僕らがどうにかできる問題でもないよ。第一、自治会に注意喚起が回ってるくらいあちこちやられてるんだろ？　そろそろ犯人達も引き揚げてる頃じゃないの？」

漆原《うるしはら》の言うことは至極尤《もつと》もだ。

真奥《まおう》も芦屋《あしや》も漆原《うるしはら》も、恵美《えみ》も鈴乃《すずの》も、千穂《ちほ》の縁者、という筋はあるにせよ、基本的には佐々木《ささき》家の好意で雇ってもらっているだけの短期アルバイトに過ぎない。

それを保険だ警備だと言い出すのはいくらなんでも出すぎたことのような気もするし、真奥《まおう》達が素人《しろうと》考えで出す案など万治《まんじ》や一馬《かずま》がとっくに考えているだろう。

そもそも漆原《うるしはら》が言うように、別に泥棒が来ると決まったわけではないのだ。

「悔《くや》しいですが、ルシフェルの言うことには一理あります」

「芦屋《あしや》、いちいち僕の言うことに賛成するのに、余計なひと言つけるのやめてくんない？」

「佐々木《ささき》家の不安を取り除いて差し上げたいと思うのはやまやまですが、あまり不安を煽《あお》るのも、それに付け込んで自分達の仕事を増やすようで良いこととも思えません。やはり恩返しは何か別の方法で……」

「おい恵美《えみ》」

「な、何？」

芦屋《あしや》の言葉を遮《さえぎ》って、突然真奥《まおう》が恵美《えみ》を呼んだ。

「お前はどう思う」

「どうって……」

低い声で尋《たず》ねられて、恵美《えみ》はわずかに狼狽《うろた》えつつも、芦屋《あしや》と漆原《うるしはら》の顔を見る。

「私も正直癪《しゃく》だけど、ルシフェルの言うことが正しいと思うわ」

「あのな」

漆原《うるしはら》の抗議を無視して、恵美《えみ》は続ける。

「どうしたって私達がこの状況に対処するだけの力も、もっと言えば権利も無いと思う。来るな いで言えば、そりゃ泥棒が来る確率はゼロじゃないけど、警告がされたまさにその日に来るなんてことは、ねぇ、アラス・ラムス？」

恵美《えみ》も不完全燃焼なところはあるのだろう。

千穂《ちほ》の手前もあるし、何もしない、というのは見捨ててしまえと言っているようで据《す》わりが悪いが、かと言って実際にできることが思いつかないのも事実なのだ。

そんな心情が無意識に表に出たのか、恵美《えみ》は膝《ひざ》の上に抱《かか》えたアラス・ラムスに思わず同意を求め、

「なーに？」

求められたアラス・ラムスは、当然話を聞いているはずもなく、無垢《むく》な瞳《ひとみ》でままを見返すのみだ。

「だが、魔王はそうは思わないんだろう？」

しかし、そこに異議を挟《はさ》んだのは鈴乃《すずの》だった。

皆が思い思いに足を崩して座る中、一人すっと背筋を伸ばしたまま正座する鈴乃《すずの》は、漆原《うるしはら》、芦屋《あしや》、恵美《えみ》の発言を聞いても表情を変えない真奥《まおう》を見る。

「まぁ、な。確信があるわけじゃねぇが」

真奥《まおう》は頷《うなず》くと、パソコンを手繰《たぐ》り寄せてページをスクロールしはじめる。

「この中じゃサクランボくらいだろ、手で持って帰れるのは」

「どういう意味だ？」

「ニュースになってるだけで、サクランボ、ブドウ、トマト、スイカ、梨……サクランボ以外は、とてもじゃねぇけど、手で運んでちゃ重かったり邪魔《じゃま》くさかったりで金になる量を盗めないもんばっかりだ。だが実際は誰にも気づかれないうちに、大量に盗まれてる。誰がどう考えたって、犯人は車使ってんだろ。芦屋《あしや》みてぇに悪魔型で念動力でも使えるってんなら話は違うが」

「まぁ、そうだね」

頷《うなず》くのは漆原《うるしはら》だ。

「で、だ。ニュースを見ると、被害はここ一週間以内。ごく短い期間に集中してる。大量に盗まれたってのが具体的にどれほどか分からんが、少なくとも盗んだものを一時的に置いておく場所は絶対に必要だ。まさか盗んだものを全部自分で食うとはとても思えないから、犯人には盗んだ作物をこっそりと捌《さば》ける場所があるんだろ。てことは少なくとも、地元の人間じゃない。まぁ、出身者という可能性はあるが」

真奥《まおう》はここで一旦言葉を切って全員を見回して、反論が出ないことを確認する。

「畑から直接盗んだってことは、当然盗まれた作物は箱詰めされちゃいないわけだ。農家だらけのこの辺で、値段が高い農作物をダイレクトに荷台に積んでるのを万が一にも誰かに見られたら怪しまれるに決まってる。だから荷台が剝《む》き出しの軽トラックじゃない。ライトバンじゃスイカはそう大量には積めない。大型トラックを借りたりすりゃ、万が一バレた場合、足がつきやすい」

「……つまり、何が言いたいのよ」

怪訝《けげん》な様子の恵美《えみ》に、真奥《まおう》は鼻を鳴らす。

「ここまで言って分からないか？　俺はごく最近、このあたりで野菜泥棒やるのにうってつけの車、見てるんだよ」

「野菜泥棒にうってつけの車？」

そんなニッチかつ不名誉な用途にうってつけな車などあっただろうか。

千穂《ちほ》が首を傾《かし》げる横で、恵美《えみ》は息を呑《の》んでいた。

「魔王、まさかそれって……」

「この場合、夜間に目立たない色で、人目につかない形で大量に荷物を積むことができて、その荷を積んだまま畑脇《わき》の農道を迅速《じんそく》に逃走するパワーとスピードが出せる車ということになるな」

鈴乃《すずの》が真奥《まおう》の推測から導き出される、車の特徴を指折り上げる。

「あ……」

「ま、まさか」

千穂《ちほ》と芦屋《あしや》も、どうやらその条件に合う車に気がついたようだ。

闇夜《やみよ》に紛《まぎ》れる黒い色。大きな車体。農道を疾走《しっそう》するパワー。

恵美《えみ》に不本意な伝説を作らせたあの車は、確かに真奥《まおう》の言う特徴に合致する。

「もちろん今まで話したのは全部推測だ。だが、もし当たってれば、泥棒が来るのは今夜だ。家族や従業員が熊に襲われたその夜に、明かり一つない畑に出たい奴《やつ》はいねぇだろ。今日の夜、佐々木《ささき》家の畑は絶交の狩場だ」

「……」

真奥《まおう》の言葉に反論する者は、誰もいない。

「ちーちゃん」

「は、はいっ」

これまで全員の議論を聞いているだけだった千穂《ちほ》は、急に指名されて飛び上がった。

「一馬《かずま》さん達、今夜何かするつもりとか言ってたか？」

「どうでしょう……。でも、一馬《かずま》兄ちゃんは今日は陽奈子《ひなこ》姉ちゃんとひー君についてるって言ってましたし、もちろん泥棒について対策を考えるとは言ってましたけど、伯父《おじ》さんも伯母《おば》さんも、もちろんお婆《ばあ》ちゃんも、さすがに夜に畑を回るとは言ってませんでした」

「……そうか」

真奥《まおう》は神妙《しんみょう》な顔で頷《うなず》く。表情には、小さな決意が宿っていた。

「本気で見張りに立つ気？」

その決意に対し、恵美《えみ》は思わず尋《たず》ねる。

「本気だ。お前は例によって俺に色々言いたいことはあるだろうが、ここは黙《だま》っててくれ。何ごとも無ければ、文句は後からいくらでも聞く」

「……そのことは、関係ないって言ったでしょ」

茄子《なす》のビニールハウスでの話を結局気にしているらしい真奥《まおう》に、恵美《えみ》は呆《あき》れて肩を竦《すく》める。

「大体、私に気を使って佐々木《ささき》のおうちに迫《せま》ってる危機を見逃したなんて言ったら、それこそ怒るわよ」

「なんの話ですか？」

千穂《ちほ》は尋ねるが、恵美《えみ》は複雑そうな微笑《ほほえ》みを浮かべて首を横に振るだけ。

自分の思いは佐々《ささ》木《き》家には関係ないし、これを言えば、千穂《ちほ》の心をまた無暗《むやみ》に曇《くも》らせるだけだ。

「話はまとまったな」

唯一《ゆいいつ》、二人の間にわだかまっている問題を具体的に理解している鈴乃《すずの》が、恵美《えみ》と真奥《まおう》の顔を一度ずつ見てから、大きく柏手《かしわで》を打つ。

「それでは！」

それが少々唐突《とうとつ》で、恵美《えみ》と真奥《まおう》の話の成り行きを見守っていた千穂《ちほ》と芦屋《あしや》と漆原《うるしはら》が驚いたように顔を上げた。

「実際に見張りに立つとして、何をどうする？　想定される敵の装備は魔王が推測した通りだとして、どのタイミングで何を狙《ねら》ってくる？　完全に陽《ひ》が落ちるまでもう時間が無い。見張りに立つにしろ、我々の戦力は五人だ。まさか千穂《ちほ》殿を盗人《ぬすつと》の前に立たせるわけにはいかないし、今日の佐々木《ささき》家の者はさすがに見張りには立てまい」

「……やっぱ僕も数に入ってんのね。はぁ」

漆原《うるしはら》はもちろん外出などしたくないのだが、空気を読んで独り言に留《とど》める。

「何を狙《ねら》うか……か。俺達が見た中じゃ泥棒が目ぇつけそうなのはやっぱスイカだが……」

「真奥《まおう》さんと芦屋《あしや》さん、さっきイチゴがどうとか言ってませんでした？」

千穂《ちほ》の言葉に首を横に振るのは芦屋《あしや》だ。

「あれは万治《まんじ》さんが苗を植えただけのことで、イチゴの実があるわけではありません。私もやはりスイカが狙《ねら》われる気がします」

芦屋《あしや》が真奥《まおう》の意見に賛成するが、反対意見を上げたのは漆原《うるしはら》だ。

「確かに値段だけで言えばそうかもしんないけど、あのスイカ相当デカいよ？　真奥《まおう》達が見たワゴンがどんだけの大きさか知らないけど、車に運び込む手間考えると、もっと手軽なものにする気がするけど」

「……確かに。一つ二キロはありそうな大きさだったもんな」

「小さい頃はいっぱい食べました。すごく甘くて美味《おい》しいんですよ！」

千穂《ちほ》の思い出話は尊《とうと》いが、この場ではその意見はあまり意味を為《な》さない。

「待って、私達が見た作物が全部とは限らないわよ？　万治《まんじ》さんの話じゃ、特別な有機野菜とかも作ってるんでしょ？　そういうところは大丈夫なの？」

恵美《えみ》の言う通り、真奥《まおう》達は今現在佐々木《ささき》家が栽培している全ての作物を見たわけではない。

真奥《まおう》達の知らない場所に、収穫時期を迎えた作物があることも否定はできない。

「そういえば陽奈子《ひなこ》姉ちゃんが、ハクビシンにトマトをやられたって言ってましたね。でもトマトのハウスの場所、私分からないです」

「……おい恵美《えみ》、鈴乃《すずの》、お前らがちょっとひとっ飛びこの辺ざっと飛んで、空から地形確認できねぇか」

「あのね」

恵美《えみ》は呆《あき》れて額《ひたい》に手を当てる。

「空からじゃ昼間じゃないと地上の様子なんかちゃんと見えないし、それこそ誰かに見られたら目も当てられないじゃない」

折角《せっかく》熊の件が穏やかに済んでいるのに、これ以上佐々木《ささき》家に怪しまれる問題を増やしたくない、という本音もある。

「そ、そりゃそうか……こうなると敷地や周辺の地図が欲しいとこだけど……漆原《うるしはら》、確か検索サイトのすげぇ精密な地図あったろ。航空写真とかで見られるやつ。あれでなんとかこの辺りの地図出せないか？　それ見ればどこに何があるかくらいは……」

「はぁ？　何言ってるの真奥《まおう》。あのマップ、リアルタイムじゃないんだよ？　いつ撮影されたかも分かんないのに、どこに何があるなんて分かるわけないだろ？」

真奥《まおう》の提案を鼻で笑いながら、それでも漆原《うるしはら》はパソコンを使ってマップを出す。

「それに、精密って言ったって、映画に出てくるスパイ衛星じゃないんだから、実際の解像度なんかこの程度だし」

漆原《うるしはら》が表示する佐々木《ささき》家周辺の航空写真は、山の中にかろうじて森とそうでない場所があるのが分かる程度。

「ここでぐだぐだ言ってるより。佐々木《ささき》家の誰かに直接聞くのが一番早いと思うけど？」

「まぁ……そりゃそうなんだが、なんて言って聞けばいいんだよ」

「泥棒が来るかもしれないから見張りに立つって言えばいいじゃん。例の車が怪しいって話は、僕が言うのもあれだけど説得力あると思うよ？」

「その車なんだよ、問題は」

「は？」

「考えてみろ。熊に襲われそうな俺や恵美《えみ》にクラクションならして熊けしかけるような相手だぞ？　相当頭がおかしいか、そうでなきゃ人を傷つけることを屁《へ》とも思わないような奴《やつ》としか思えねぇ。恵美《えみ》や鈴乃《すずの》ならちょいと聖法気《せいほうき》出してびびらせりゃ、並みのごろつきが百人来ても返り討《う》ちにできるだろうが…………っと」

かつて人を傷つけることなど屁《へ》とも思っていなかった魔王の発言としてどうだろうと思いながら真奥《まおう》は、つい恵美《えみ》の様子を視界の端で窺《うかが》ってしまう。

が、

「いちいち私をチラ見しないで。特に突っ込むつもりないから！」

恵美《えみ》にはしっかりバレていて、

「むー……なんか今日の真奥《まおう》さん、ずっと遊佐《ゆさ》さん気にしてる」

千穂《ちほ》まで変なところでむくれる始末。

「……はぁ。では佐々木《ささき》家の者を巻き込みたくないのなら、我々が分かる場所だけ見回るか？　現実問題、五人でカバーできる範囲はその程度だろう」

不可思議な三角関係に疲れた様子の鈴乃《すずの》が話を先に進めるが、それはかなり不完全燃焼な結論だ。

「それしか……ねぇのかな。一応、スイカって目星はついてるわけだし……」

さりとて千穂《ちほ》を除いた五人で最適な警戒ルートを構築する妙案《みょうあん》も出ないため、真奥《まおう》は胡坐《あぐら》をかいた膝《ひざ》に頬杖《ほおづえ》をついて不満の唸《うな》り声を上げる。

「……じゃあとりあえずだ、スイカ畑を中心にどういうルートで車が入ってくるか考えて、それで怪しまれないように一人ずつ畑を張るか……」

なんともシンプルな案で皆が妥協するしかないと思われた、その瞬間《しゅんかん》だった。

「やい邪魔《じゃま》するぜ」

「うわっ！」

「きゃっ！」

「えっ⁉」

「むっ⁉」

「あ？」

「なっ……⁉」

「……ふみゅぅ……」

まさしくなんの前触れも無く、部屋の入り口の襖《ふすま》が勢い良くがらりと開いた。

ゆったりと入ってきた声に、退屈な大人達の話に飽きて眠ってしまったアラス・ラムス以外の全員が、尻《しり》を浮かして飛び上がる。

襖《ふすま》が開いて声がするまで、誰一人としてその気配を感じ取ることができなかった。

「お、お、お、お婆《ばあ》ちゃん⁉」

誰よりも驚いたのは千穂《ちほ》である。

そう、異世界人達の情けない警備計画が実行に移されようとしたそのとき、衝撃的に部屋に乱入してきたのは、誰でもない、千穂《ちほ》の祖母、エイだった。

「い、いつの間に……っ？」

「ぜ、全然気配を感じなかった……」

特に人間の戦士である鈴乃《すずの》と恵美《えみ》の受けた衝撃はすさまじく、部屋に入ってきたエイと廊下とに何度も視線を往復させている。

「もうお婆《ばあ》にゃ階段上がるのもえれぇことよ。はぁ、どっこいしょ」

当のエイは若者達の驚きなどどこ吹く風で、大儀そうに会議の場に腰を下ろした。

「お、お婆《ばあ》ちゃん、い、今の話……聞いてたの？」

千穂《ちほ》が恐る恐る尋《たず》ねると、エイは大きな目で千穂《ちほ》を見る。

「俺は補聴器もいらん耳だもんで」

「……っ!!」

息を呑《の》んだ鈴乃《すずの》が、思わず立ち上がる。

「す、鈴乃《すずの》さん、待ってください！」

千穂《ちほ》は鈴乃《すずの》が何をする気か悟《さと》り、慌《あわ》てて止めに入った。

「しかし千穂《ちほ》殿っ！」

鈴乃《すずの》は、エイの記憶を操作するつもりだ。

核心に迫《せま》る言葉こそ出なかったものの、エイが部屋の外にいるとは思いもせずになされていた会話は、千穂《ちほ》以外の日本人には決して聞かれてはならないものも含まれていた。

まして東京で千穂《ちほ》を取り巻く情勢が複雑化している今、遠く離れた駒ヶ根《こまがね》に危機の種を増やすわけにはいかないのだ。

「心配しなんでも、俺ぁ別に誰かに言おうとか、そんなことは考えとらんよ」

「……お婆《ばあ》ちゃん？」

「お婆《ばあ》ちゃには難しいことは分からんし、人様の秘密を言い触らすほどのずくもねぇし、そう遠くないうちにお迎えも来ちまうで」

「……エイ殿……いや、しかし」

あっけらかんと笑うエイに、鈴乃《すずの》は呑《の》まれそうになる。

「お前達《めえたち》やもしかしたら普通の衆じゃねぇのかもしれんけど、俺にとって大切なのは、お前達《めえたち》が万治《まんじ》や由美子《ゆみこ》や一馬《かずま》や陽奈子《ひなこ》や一志《ひとし》を守ろうって思ってくれとるっちゅう、ただそれだけえ。やい、それを見せてくれよ」

「あ、は、はい」

エイの醸《かも》し出すどこまでも平らかな空気に呑《の》まれ、漆原《うるしはら》が請《こ》われるままにエイの前にパソコンを差し出す。

「はぁ……パソコンちゃぁこういうことができるんけ。うちの畑が丸見えじゃねぇか」

表示されている航空写真を見て、エイは感心したように声を上げる。

「陽奈子《ひなこ》が言っとったけぇど、今じゃ電話でもこういうものが見れるんずら？」

「あ、は、はい。マップ機能で、ナビとかもしてくれます」

携帯電話の関連会社に勤める恵美《えみ》が、自分のスリムフォンを取り出しながらほとんど反射的にそう答える。

エイは恵美《えみ》のスリムフォンをしばし眺《なが》めて、それから恵美《えみ》に笑いかける。

「えれぇことだなぁ」

「は、はい……」

「うちに初めてテレビが来たのはへぇ先《せん》の東京オリンピックのときよ。白黒テレビを死んだお爺《じい》様が牛に荷車引かせてうちまで運んできて、それからへぇ、電話が勝手に道案内してくれる時代まで生きるっちゃあえれぇことだぜ」

「牛に荷車って……」

千穂《ちほ》も初めて聞く、佐々木《ささき》家の過去。

「都会の衆は知らんだろうけど、ほんの五、六十年前までは当たり前だったことよ。だから、俺はもしかすりゃお前達《めえたち》が空の向こうから来たって言われても、そりゃえれぇことだくらいにしか思わんもん」

エイの淡々《たんたん》とした物言いには一切の虚飾は無く、積み上げた歴史が作る価値観に、もはや鈴《すず》乃《の》も当初の緊張を失いつつあった。

「書くものあるか？」

芦屋《あしや》が、旅行鞄《かばん》の中からさっとペンを出して差し出す。

するとエイは懐《ふところ》から取り出した、近所のスーパーのチラシの裏面に何かをさらさらと書き出してゆく。

何度かパソコンの画面を見直しながらエイが書き上げたそれは、まぎれもなく佐々木《ささき》家の田畑の地図だった。

チラシの裏の白面に書かれたその地図はフリーハンドとは思えぬほどに正確で、文字も殴《なぐ》り書きに見えて一本筋が通った美しい字だ。

「一番大きい道に出るのがここで、今日お前達《めえたち》が熊に出会った田がここ。万治《まんじ》の小さいトラックで通れる道は沢山《たくさん》あるけぇど、大きな車が通れるのはそんなに多くはねぇ。ここと、ここと、この辺りくらいよ」

「婆《ばあ》ちゃんすげぇ……」

真奥《まおう》はエイの隣から地図を覗《のぞ》き込み、息を呑《の》む。

これならば泥棒を警戒する上で真奥《まおう》達が挙げた問題点を全てカバーし、どこに何があるかが一目で分かる。

「小玉スイカ……こんなのもあったんだ」

恵美《えみ》も真奥《まおう》と反対側から覗《のぞ》き込んで、自分達が作業した場所とは全く違う場所にある畑に目を留める。

「最近は都会のスーパーじゃ大きなスイカが売れんちゅうで、少しずつ入れ換えてるのぇ」

「でもその小玉スイカの畑、大きな道に面してないわ」

「そうか。そうすると、熊と戦った田んぼ沿いか、大きなスイカからちょっと歩いたとこ、あとはここのビニールハウス群か。ここも危なそうだな。小さい野菜が多い。ちょっと離れたそっちの梨はどうだ。道に入ってすぐだが」

「それは幸水《こうすい》ちゅう梨でもう時期が過ぎとるで、今月の頭にゃもう全部取っちまっとるわ」

「じゃあ……やっぱり最初のスイカ、こっちのトマトのビニールハウス周辺の二か所か。さすがにまだ青い稲を盗むバカはいねぇだろうしな」

水田を除外した二か所に、ＲＶクラスの車も乗り入れることができて、かつ比較的単価の高い作物が密集している。

見張る場所が二か所に絞《しぼ》れるなら、荒事にも恵美《えみ》と鈴乃《すずの》を分散させることで対応できる。

「よし、じゃあ日が暮れたら、一人ずつこっそり出よう。もし見つかっても散歩に行くって言えば不自然でもな……」

「ちょっと待った」

計画をまとめようとした真奥《まおう》を止めたのは、漆原《うるしはら》だった。

「なんだよ」

真奥《まおう》は出鼻をくじかれて不機嫌《ふきげん》そうに顔を顰《しか》めるが、漆原《うるしはら》は構わず、エイが描いた地図の一点を指さす。

「ここ」

「あ？」

「ここ、どうなの。やばくない？」

漆原《うるしはら》が指さす場所は、警戒予定地のトマトのビニールハウス群から少し離れた場所だった。

「ここって、お前、そこは関係ないだろ」

「なんで」

「なんでって、そこ畑じゃないだろ」

「あのさ、熊にクラクションを鳴らした車、どっちから来てどっちに行った？」

「……だから、家の方からこう、俺達が歩いて田んぼまで行った道を通って、ここで熊に会ってそのまま道なりに…………ん？」

真奥《まおう》は地図を指でなぞりながら、漆原《うるしはら》が言わんとしていることに気づいた。

「トマトのハウスと田んぼの丁度中間にある……？　あの車ここを昼間通ってるのか」

「間違いないでしょ。このルートの他に外に出られる道ないもん」

「てことは……いや、でもまさかそんな」

「どうして？　僕は野菜を盗むより、こっちの方がずっと魅力的だと思うよ。だってやろうと思えば、生の農産物なんかより捌《さば》ける業者は段違いに多いし、ほとぼり冷めるまで長期間保管しておいても絶対腐らない」

「……」

「何よ、なんなの？」

未だ漆原《うるしはら》が言わんとしていることが分からない恵美《えみ》が尋《たず》ねると、漆原《うるしはら》は苛立《いらだ》ったように、該当《がいとう》する場所を指さした。

「これ、大学で開発中のものを借りてるんだろ。そんなにしっかりしたプラントが造られてるとはとても思えない。一つ二つ持ってって捨て値で捌《さば》いても、野菜を何十個も盗むよりよっぽど金になる」

「ま、待ってください！　もしそこで何かがあったら……」

「ああ、最悪、ビニールハウスの作物は全滅するかもね。そうはならなかったとしても、同じだけのシステムを復旧させるにはとんでもないお金がかかると思う」

漆原《うるしはら》の言葉に、千穂《ちほ》は真っ青になる。

真奥《まおう》も恵美《えみ》も、芦屋《あしや》も鈴乃《すずの》も、もはやそのポイントを無視することはできないでいた。

漆原《うるしはら》が警告を発したその場所は、佐々木《ささき》家の田畑に電力を供給している、太陽電池パネルの設置ポイントだった。

※

「確かに、道具があれば、素人《しろうと》でも簡単に取り外せそうだった」

再び、真奥《まおう》達の部屋である。

漆原《うるしはら》の進言で急きょ一馬《かずま》に車を出してもらい、温泉の帰りがてら問題の太陽電池パネルが設置されたポイントを案内してもらった。

地図の印象よりもずっと大きな道に近い場所にあり、警備システムのようなものは無く、露《ろ》出《しゅつ》した地面に架台に据《す》えつけられた太陽電池パネルがまばらに並ぶ、頼りない発電プラントだった。

太陽電池パネルを固定している架台は単管パイプを組み合わせただけのシンプルなもの。

パネルの一枚一枚はマンションサイズの畳一枚ほどだが、あのRVなら余裕で収納できるだろう。

一つの架台に二枚ずつ、計六台の架台があり、太陽電池パネルの総数は十二枚。

それが土地の隅の配電設備と接続されていて、それがまた各ハウスに向けて電線を伸ばしている。

「一枚のパネルの発電効率を測ったり、屋外で実際に業務利用することで電池にどんな変化が起こるかをここで実験してるんだ。で、たまたまうちに中規模のプラントを置ける条件のいい場所があって、それで例の規格外野菜を安値で大量提供する代わりに、タダに近い額で借りてる」

一馬《かずま》は誇《ほこ》らしげにそう説明してくれたものだ。

「でも、泥棒は道具なんて持ってるんでしょうか」

千穂《ちほ》の疑問に答えたのは漆原《うるしはら》だ。

「被害に遭ってる農家の中には、ビニールハウスを壊されてるところもあるみたいだし、向こうにしてみればパネル本体が傷つかなければいいわけだから、いざとなれば多少無茶な外し方だってすると思うよ」

「で、結局どこにどう張りつくわけ？」

恵美《えみ》の問いに、真奥《まおう》はエイの地図をざっと見直す。

「ここと、ここ、だな」

真奥《まおう》が指さした場所は、当初と変わらない、トマトのハウスとスイカ畑の脇《わき》だった。

「この道は抜け道としても機能してるから、ここを通る車が全部泥棒のはずがない。漆原《うるしはら》の狙《ねら》いはいい線ついてるが、やはりトマトを狙《ねら》う可能性もある。ただトマトと太陽電池に集中して万が一スイカの方に来られてもマズいから……」

真奥《まおう》は地図を指さしながら、その場の全員にてきぱきと指示を出す。

「ちーちゃんは、家で待機。いざってときに俺達が通報するよりも、一馬《かずま》さんや万治《まんじ》さんに電話してもらった方が、警察が来たときに面倒じゃなくていい。俺達が連絡したら、何があっても家の人間を叩《たた》き起こしてくれ」

「……で、なんで私が貴様とペアなんだ」

すっかり闇《やみ》が世界を支配した、夜のスイカ畑。

目立たないように深い藍色《あいいろ》の服装でスイカ畑の蔓《つる》に紛《まぎ》れて潜む鈴乃《すずの》は、隣の真奥《まおう》を不満げに見る。

「仕方ねぇだろ。機械のことは漆原《うるしはら》の方が詳《くわ》しいからあいつは太陽電池に張りつかせておきたいし、お前と恵美《えみ》は戦力的に二分しておいたほうがいい。となりゃ俺か芦屋《あしや》かどっちかとペアになるしかねぇじゃん」

「……正直、私一人でも問題ないのだが……」

実際問題、悪魔三人は正体が悪魔だというだけで、現時点では単なる人間の若者となんら大差ない能力しか持たない。

常に超常的な力を発揮できるのは恵美《えみ》と鈴乃《すずの》で、確かに戦力という点では、鈴乃《すずの》にとっては真奥《まおう》はいるだけ足手まといだろう。

「あのなぁ、お前、恵美《えみ》がさんざん『熊殺し』の件で困ってたろうが」

「何？」

虫と蛙《かえる》の声が響き、一寸先も見えづらい夜の中で、真奥《まおう》の小さな声が返ってくる。

「相手が何人組かも分からないんだぞ。ましてここんとこ市内を荒らしまわってる泥棒だ。もし首尾良く捕まえたとして、例えば相手が男四人とかだったら、お前ネットニュースに『熊殺しの女傑に続け！　窃盗犯を相手に大立ち回り！』とか書かれるぞ、いいのか？」

鈴乃《すずの》はその事態を想像し、一瞬《いっしゅん》だが押し黙《だま》る。

「別にいいなら、俺もあっち行くけど」

「……いや、それは確かに……確かに困るがしかし」

鈴乃《すずの》はしばし唸《うな》りながら、やがて諦《あきら》めたようにため息をついた。

「何か釈然としない」

「あ？」

「確かに一人の女としては、男勝《まさ》りな行動をもてはやされてもあまり嬉《うれ》しくはないが、かと言ってそうならないために貴様らの力を借りなければならないというのが、激しく釈然としない。ただそこにいるだけの貴様らなのに」

「ひでぇ言われようだ」

真奥《まおう》が声を忍ばせて笑う気配が伝わってくる。

そして、言葉がやんだ。

決して静かではない。恵美《えみ》達がいるトマトのハウスに繋《つな》がる県道はかなり離れているはずなのに、時折そちらを通る車の音が聞こえる。

虫の声も響き、蛙《かえる》は数えきれないほどの輪唱で夜を彩る。

人間だけが沈黙《ちんもく》し、そのまま十分近くが経過した。

「……おい」

鈴乃《すずの》は、ふと闇《やみ》に呼びかける。

「魔王?」

真奥《まおう》が静かすぎる。まさかとは思うが、眠ってはいないだろうな。

薄曇《うすぐも》りで月明かりも無く、スイカの蔓《つる》に身を伏せている真奥《まおう》の姿は闇《やみ》が深いことも相まって全く判然としない。

「おいまお……」

「なんだよ」

「うおっ!?」

思いがけない方向、呼びかけていた方向とは全く反対側の、しかもすぐ傍《そば》から声が聞こえて、鈴乃《すずの》は驚く。

「い、いつの間にそちらに！」

「いや、そっち大きなスイカが多くてうまく座れなくてよ。丁度いいとこねえかなって……」

畑は収穫間際ということもあってなかなかにスイカの玉が大きく、蔓《つる》や実を傷つけないように畑の中に隠れるのは結構気を使うのだ。

「んー、あ、あぶねっ！　踏《ふ》むとこだった」

「……」

その後真奥《まおう》はしばらく暗闇《くらやみ》でごそごそやっていたが、なかなかうまい場所を見つけられないようだった。

「おい、いい加減にしろ。動いていれば夜の闇《やみ》でも目立つ」

「あ、ああ、その……」

「……あ、おいっ！　くっ!!」

その瞬間《しゅんかん》、鈴乃《すずの》の耳が低いエンジン音を捉《とら》える。

遠くの県道側ではなく、鈴乃《すずの》達が見張っているすぐ目の前の道からだ。

鈴乃《すずの》の行動は素早く、そして反射的だった。

中腰の真奥《まおう》の胸倉を摑《つか》むと思い切り引き寄せて姿勢を低くさせる。

接近してくる車のヘッドライトが見えたのは、真奥《まおう》が鈴乃《すずの》に引っ張り倒された直後のことだった。

「ぶべっ……」

真奥《まおう》は口の中に土が入ってうめくが、なんとか高い声を上げることだけは我慢《がまん》する。

息詰まる緊張の中、軽いエンジン音がスイカ畑の前をそのまま通り過ぎ、テールランプが尾を引きながら去っていった。

どうやら、抜け道を使う地元の人間の軽自動車だったようだ。

「うー、すまん」

真奥《まおう》は引き倒されたのが自分がもたもたしていたせいだと分かっているので、口の中の土を吐《は》き出しながら鈴乃《すずの》に詫《わ》びる。

「普通の軽っぽかったが……一応恵美《えみ》にメールしておくか。よっと……ん？」

真奥《まおう》は引き倒された姿勢から立ち上がろうとして、うっかりスイカに体重をかけないように慎重《しんちょう》に地面のありかを探し、左手が蔓《つる》を掻《か》き分け土に触れ、右手が、土でも蔓《つる》でも葉でもスイカでもない柔らかい何かに触れ、次の瞬間《しゅんかん》、真奥《まおう》は自分が触れたものがなんだったかを理解するよりも早く、それに触れてしまったことによって自分に降りかかるであろう惨劇《さんげき》を未来予知のレベルで正確に予測し、そしてそれは現実のものとなった。

鈴乃《すずの》が振るった拳《こぶし》が真奥《まおう》の顔に、暗闇《くらやみ》の中でも正確にクリーンヒットした。

真奥《まおう》は思いきり仰《の》け反って倒れそうになるが、背後のスイカに倒れ掛かる直前で、Ｔシャツの胸倉がまたもグイと掴《つか》まれ襟《えり》が伸びる。

闇《やみ》の世界の王である魔王サタンは、闇《やみ》の中に、夜よりも尚《なお》暗い漆黒《しっこく》の殺気を放つ聖職者の影を見た。

「死んでしまえ、ああそれがいい。エミリアにも連絡してやるから今すぐ死ね」

「ま、待て、お前、簪《かんざし》は抜くな！　目立つ！　法術《ほうじゅつ》は光って目立つ！」

鈴乃《すずの》の本気を悟《さと》った真奥《まおう》は逃げようとするが、襟元《えりもと》を鈴乃《すずの》に摑《つか》み上げられ、体が海老《えび》反《ぞ》った状態なので、腕をぐるぐる振り回すしかできない。

「悪かった！　俺に緊張感が無かったから、直前にぐずぐずしててこうなって、つまり俺が何もかも全部悪かった！」

「……」

「不可抗力だったなんて言い訳するつもりはない！　口ん中に入った土に気ぃ取られてて色々距離感摑《つか》めてなかった！　後でなんでも埋め合わせはする！　だから俺の頭でスイカ割りだけはやめてくれ！」

鈴乃《すずの》は法術《ほうじゅつ》を使わなくても、その小柄で細身の肉体からは想像もできないほどのパワーファイターである。

鈴乃《すずの》の簪《かんざし》は彼女の重要な武器だが、それが無くても今の真奥《まおう》の脆弱《ぜいじゃく》な人間の体を拳《こぶし》一つで粉々にするのも容易《たやす》いはずだ。

「貴様の……」

「は、はい……」

「……貴様の日頃の行いを見ていなければ、最初の一撃で貴様の顎《あご》は砕《くだ》けていた」

どこまでも武闘派なセリフを吐《は》く聖職者クレスティア・ベルは、真奥《まおう》のTシャツを摑《つか》んでいた手を唐突《とうとつ》に離した。

「うべっ」

畑の土に背中から落ちて、肺から空気が絞《しぼ》り出されてあえぐ真奥《まおう》。

「そ……そりゃどうも……」

怒《いか》りで獣のように荒い息を吐く聖職者に、悪魔の王は恐れ慄《おのの》くしかできなかった。

真奥《まおう》は今ほど、魔王だてらに日頃品行方正に生活していて良かったと心から思ったことはない。

最近折角《せっかく》宿敵の勇者からの殺意の重圧が、金魚のエサ一粒分程度和らいでいたのに、隣人に過失で働いたセクハラが原因で命の火が消えたら、逆に宿敵に対して申し訳がない。

「……っていうか、す、鈴乃《すずの》……あの」

「………………………余計なことを言い出したら、殺す」

どうやらこちらに背を向けているらしい鈴乃《すずの》の声は、どこまでも物騒《ぶっそう》な色を帯びている。

それを聞いて真奥《まおう》は喉《のど》まで出かかった言葉を引っ込めた。

鈴乃《すずの》に引き倒されたから、先ほど立ち上がろうとしたときに右手に触れたのは鈴乃《すずの》の着物だ。

だが、鈴乃《すずの》がここまで怒るからには袖とか腕とか肩とか背中といったセーフティゾーンではなかったのだろう。

厳密に確認すれば生物学的な意味でも社会的な意味でも生命が絶たれる。

「…………………………はぁ」

暗闇《くらやみ》の中の鈴乃《すずの》のため息が、とことん恐ろしい。

一方の鈴乃《すずの》はというと深呼吸をして、怒《いか》りと羞恥《しゅうち》に荒ぶる内心をなんとか収めようとしていた。

言われるまでもなく、日頃の真奥《まおう》を見ていれば女性に対して狼藉《ろうぜき》を働こうとするような性格ではないことは分かっているし、先ほどの事態が不可抗力であることも分かる。

だが、理屈では越えられない女性の矜持《きょうじ》、というものもあるのだ。

暗闇《くらやみ》のスイカ畑で、鈴乃《すずの》は口をへの字に曲げながら、着物の胸元を何度も手で払った。

「……魔王」

「はいっ！」

暗闇《くらやみ》から音量を抑えた、だがはっきり恐怖に彩られた返事が即座に返る。

「……冷静で理論派の私だから貴様の命が長らえているということを忘れるな」

「ご寛恕《かんじょ》くださいましたこと、感謝いたします」

どこまでも腰の低い真奥《まおう》は鈴乃《すずの》の背に向かって何度も土下座する。

「……それに……」

米搗《こめつ》きバッタのように土下座を繰り返す真奥《まおう》には聞こえていなかったが、鈴乃《すずの》は口の中で悔《くや》しそうに独り言を呟《つぶや》く。

「千穂《ちほ》殿なら……もっと前にアウトだった」

「な、なんだって？　何か気に食わないことでも……」

「何もかも気に食わん！」

もう一発殴《なぐ》られた。


それから先は、じりじりと時間が過ぎた。

真奥《まおう》と鈴乃《すずの》が見張っているスイカ畑の前の道は一時間に一、二台の車が通ったが、どれも真《ま》奥《おう》と恵美《えみ》が見た黒のRV車ではない。

真奥《まおう》は光が外に漏《も》れないように、携帯電話で時刻を確認する。

夜の十二時。今日はいつにもまして色々なこともあったため、眠気も強くなってくる。

まして何事も無ければ明日も朝早くから仕事があるのだ。

畑の警戒に入る前、エイには、

「お前達《めえたち》のことは何も話せんもんで、もし今夜何も無かったら俺は一馬《かずま》達に口を聞いちゃやれんぜ」

と釘《くぎ》を刺されている。

あくまでこの警戒は真奥《まおう》達の独断専行なのだ。

徹夜で起きていて何も起きなかったからといって、翌朝寝坊をしていいということにはならないのである。

「……当てが外れたかな。まぁ、来ないなら来ないに越したことはないんだが」

「エミリア達に連絡して、交代制にするか？」

鈴乃《すずの》も眠気が強くなってきているのか、先ほどから言葉が少しあくび混じりだ。

「そうだな。よし、十二時になったら交代で眠ろう。明日のこと考えりゃ、ちょっとでも寝ないよりゃましだ」

「……」

「どうした？」

「……寝ている間に、妙《みょう》なことをしたら殺すぞ」

「だから悪かったって謝ってるだろが！　そんな命知らずなことしね……ん？」

鈴乃《すずの》が何やら身構える気配がして、不毛かつ恥《は》ずかしい言い争いが再発しようとしたそのときだった。

道の向こうからエンジン音が近づいてきて、真奥《まおう》と鈴乃《すずの》は体を緊張させて身を低くする。

重い、パワーのありそうなエンジン音だ。

スピードは出していないようだが、それがかえって不自然に思える。

今までこの道を通った車は、どの車も細い道なりに走り慣れた様子でそこそこのスピードで通り過ぎたからだ。

やがて、彼方《かなた》から接近してくる車の影を捉《とら》えた真奥《まおう》は、はっと息を呑《の》む。

それは鈴乃《すずの》も同様だった。

不自然な車だった。

ヘッドライトではなく、低い位置にあるフォグランプを点灯して走行している。

かなり大きな車だ。闇《やみ》の中のことなので正確な色は分からないが、黒か紺《こん》といった、夜に紛《まぎ》れやすい色であることは間違いない。

「……あれか?」

「分からねぇが……似ている。第一なんだあのトロトロ運転は」

「物色しているのか……来た」

二人は土に汚れるのも構わず、畑の中に匍匐《ほふく》して自分の体をスイカの蔓《つる》に隠す。

大きな図体に似合わず不自然にのろのろと走っていた車は、やがて、スイカ畑の前で停車し、エンジンとライトを切ったではないか。

だがまだそれだけでは、泥棒とは言いきれない。

それと同時に、運転手のものと思《おぼ》しき唸《うな》り声。どうやら、車から降りてタバコを吸っているようだ。

と、闇夜《やみよ》に突然、小さな赤い火が灯《とも》り、すぐに消えた。

遠目で顔や服装は分からないが、男性のように見える。

運転手が車から降りたのだ。

真奥《まおう》と鈴乃《すずの》は息を呑んだ。

「「‼」」

単にタバコが我慢《がまん》できなくて偶然この畑の前で止まった地元の人間だろうか。

禍々《まがまが》しいホタルのようなタバコの先の赤い火を眉《まゆ》を顰《ひそ》めながら眺《なが》めていた真奥《まおう》だったが、ふと、伏せていた右手の甲を、鈴乃《すずの》が指先で叩《たた》いた。

声が出せない状態で、何かを伝えたいらしい。

真奥《まおう》は掌《てのひら》を上にすると、その上に鈴乃《すずの》が指で何かを書く。

それは、数字の『4』だった。

と、

真奥《まおう》は目をこらし、タバコを吸う男ではなく車の方を凝視する。

「……………！」

中に、まだ誰かいるようだ。

『4』とは、タバコの男を含め四人いる、ということなのだろうか。

だが、やはりタバコを吸う以外の動きを見せないならこちらが姿を現すわけにはいかない。

しばし息詰まるような時間が流れ、どうやらタバコを吸い終わったのか、赤い火が消えた。

男は足で踏《ふ》んで火を消しているようだ。

これでこのまま車に戻って走り去れば良いが……。

「……っ！」

「!!」

だが、そうはならなかった。

真奥《まおう》はそれを見て飛び出そうとする傍《かたわ》らの鈴乃《すずの》の細い手首を思いきり摑《つか》んで自制させる。

タバコの男一人が、スイカの畑に一歩足を踏み入れるではないか。

相変わらず車の中からは誰も出てこないが、タバコ休憩《きゅうけい》をするだけの人間は、人様の畑に無断で入ったりはしない。

「……！」

鈴乃《すずの》が抗議の意志を込めて抵抗するが、真奥《まおう》は落ち着かせるようにその手を離さない。

やがてタバコ男は一度だけ周囲を見回すと、その場にしゃがんで何かをしはじめる。

時間にしてほんの十秒程度。

だが、再び立ち上がった男の手には、

「！」

大きなスイカが一つ、抱《かか》えられていた。

タバコ男はそれを頼りない足取りで車に持ち帰る。

やはりこれが、近隣で大きな被害を出している畑泥棒なのだろうか。

だが次の瞬間《しゅんかん》、また意外なことが起こった。

タバコ男はそのまま運転席に戻り、車のエンジンをかけたのだ。

「え」

真奥《まおう》の隣で、鈴乃《すずの》が意外そうな声を上げた。

もっと大量に盗むのだと思っていたのだろう。

もちろん一個だろうが大量だろうが窃盗に変わりはないわけだが、その行動は予備知識にある周辺の畑泥棒の行動と一致しない。

やがて車は、来たときと同じくらいのろのろとした走りで、スイカ畑を後にした。

「……魔王、何故《なぜ》止めた」

まだテールランプが見えているので、鈴乃《すずの》は這《は》った状態のまま剣呑《けんのん》な声を上げる。

「……盗《と》られる前に声かけたら、シラ切られて終わりだろ。それに、何か変だったろ。多分奴《やつ》らの目的は、こっちじゃねぇ。あのスイカ一個は、ついでだ」

「ついで？」

した。

「ああ。とにかく恵美《えみ》に連絡するぞ。多分、奴《やつ》らだ」

真奥《まおう》と鈴乃《すずの》はテールランプが戻ってこないことを確認して体を起こすと、携帯電話を取り出した。

「……本当に来たみたいよ」

電話を切った恵美《えみ》の言葉に、芦屋《あしや》と漆原《うるしはら》が頷《うなず》く。

スイカ畑側から来るということは、トマトのハウスよりも先に太陽電池パネルの傍《そば》を通ることになる。

三人は太陽電池パネルの架台全てを見上げる坂の下の立木の根元に待機していた。

「んじゃエミリア、携帯貸して」

「変なことしたら、殺すわよ」

どこぞの聖職者と同じく物騒《ぶっそう》なことを言いながらも、恵美《えみ》は素直にスリムフォンを漆原《うるしはら》に手渡した。

漆原《うるしはら》は恵美《えみ》のスリムフォンをUSBケーブルでノートパソコンに繋《つな》ぎ、とあるアプリケーションを恵美《えみ》のスリムフォンにインストールする。

「はい。アプリ自体はここに入ってるから終わったらアンインストールして。それでも不安だったら、ショップ持っていけば掃除してくれるよ」

「私の仕事をなんだと思ってるの。言われなくてもそうするわよ」

苛立《いらだ》ったように言いながら、恵美《えみ》は返されたスリムフォンを憐《あわ》れむように撫《な》でる。

「それじゃ、手順を確認するわよ」

短い打ち合わせの後、恵美《えみ》がパネルのプラントの反対側の上り斜面の林に移動し、芦屋《あしや》と漆《うるし》原《はら》は最初の場所に待機する。

そしてそれから数分後、重いエンジン音が近づいてきた。

芦屋《あしや》と漆原《うるしはら》は道から下の斜面にいるので車の形は見えない。

だが、

「どうやらこれみたいだよ」

漆原《うるしはら》が伏せたパソコンの画面を見て芦屋《あしや》に伝える。

恵美《えみ》のスリムフォンから漆原《うるしはら》のスカイフォンに着信。来た車が問題の車であることを示すサインだ。

漆原《うるしはら》は着信を取ってスカイフォンを起動させる。

『もしもし、聞こえる？』

「はいはい」

『……あの車よ。間違いない。ライトの下のチリトリみたいなでっぱりに見覚えがある。熊をクラクションで脅《おど》かした車に間違いないわ』」

「ふうん、改造車か。で、どう、見えそう？」

『待って、今カメラを起動するわ』

しばらく何かがさごそと動く音がして、不意に、スカイフォンの画面に暗い映像が映し出されるではないか。

恵美《えみ》のスリムフォンのカメラを起動して、撮影している映像が映し出されているのだ。

道路の街灯程度の明かりしかないが、画面には大きな車と、三人の人間が輪郭《りんかく》が分かる程度に映し出されていた。

かつて魔王城が訪問販売詐欺《さぎ》に遭った際に証拠集めのために使った手だが、まさかこんなところでまた役に立つとは誰も思っていなかった。

「何か手に持ってるね。もう完全に黒だねこれ」

画面に映る男性と思《おぼ》しき影は三人。それぞれ何か手に持っている。

『……工具に見えるわ』

恵美《えみ》の抑えた声が漆原《うるしはら》のイヤホンマイクに響く。

『一人、台の下の方に入っていったわ……』

「よし……いい位置だね」

『他の二人が、横からパネルを支えてる……外れたわ、まだなの？』

緊迫する恵美《えみ》の実況。闇《やみ》の中で解像度が悪い映像の中でも、恵美《えみ》の実況を裏づける行動が続いている。

「まだだ。それを車に運び込むまで待って。一枚外れたぐらいなら別の五台のプラントが電源を支える。もう一枚待つんだ」

漆原《うるしはら》は恵美《えみ》にそう返答してから、

「芦屋《あしや》、そろそろね。二枚目が外れたら」

「任せろ」

芦屋《あしや》が小さな声で、足をしっかりと斜面に当てる。

やがて一枚目のパネルを車に運び込んだらしい三つの人影が戻ってきて、再び新たなパネルに取り掛かりはじめる。

『……二枚目。来たわよ』

しばしの息詰まる瞬間《しゅんかん》、虫の声すら消えたのは気のせいだろうか。

芦屋《あしや》が指の骨を鳴らしながら、斜面にクラウチングスタートの姿勢を取ったそのとき、

『外れた！』

「今だっ!!」

「ふううっ!!」

恵美《えみ》の合図で漆原《うるしはら》が画面を確認、芦屋《あしや》は猛然《もうぜん》と斜面を駆《か》け上がった。

土と草の斜面を駆《か》け上がっているとは思えないほどの力強いストライドで、芦屋《あしや》は太陽電池パネルのプラントに躍《おど》り出る。

そして、

「全員動くなっ‼」

腹の底から響かせた大音声が、山の時を止めた。

プラントを照らすのは道にあるたった一本の街灯。

白く古い蛍光灯《けいこうとう》に照らされる三人の男（一人はパネルの裏側にいるせいで芦屋《あしや》からは見えないが）は、突如《とつじょ》現れた謎《なぞ》の長身の男に完全に凝固していた。

「ここは私有地で、この太陽電池パネルはこの土地の持ち主が管理するものだ。貴様ら、誰の許可を得てそのパネルを持ち出そうとしている」

芦屋《あしや》は男達を睨《にら》みつけながら一歩前に出る。

それだけで相手は動揺《どうよう》した。固まったまま声も上げないのは恐れているというよりは、芦屋《あしや》の正体を測り兼ねているのと、この次にどう行動すれば良いのかが分からないからだろう。

芦屋《あしや》は一瞬《いっしゅん》だけ、彼らの向こう側の斜面に視線をやる。

斜面で素早く動く影を確認してから、芦屋《あしや》は、男達を強制的に次の一手に動かす一言を放つ。

「パネルの陰に隠れている者、出てこい。そして全員、道具を足元に置け」

その言葉の意味を数瞬《すうしゅん》遅れて理解した男達は、

「……」

無言で手に持っているものを構えて、芦屋《あしや》に向けた。

芦屋《あしや》は思わず、笑ってしまう。あまりに、浅く、愚《おろ》かで、予想通りの行動だ。

道具を置けという言葉で、彼らは自分の手にあるものが何かを思い出した。

それは太陽光電池を架台から外すための工具と、パネルを支えていた単管鉄パイプだ。

成人男子が三対一で、芦屋《あしや》は手ぶら、男達には使い方次第で武器となり得るものがある。

その瞬間《しゅんかん》に優位を確信して、心に余裕が生まれたのだろう。

彼らは芦屋《あしや》を脅《おど》すなり攻撃するなりして、撃退して逃げることを考えたに違いない。

相手が、芦屋《あしや》でなければそれは正解だった。

悪魔大元帥《だいげんすい》アルシエルの人間型である芦屋四郎《あしやしろう》でなければ。

「お……お前なんだよ、関係あんのかよ。け、怪我《けが》したくなかったら消えろよ、オラ」

太陽電池パネルを支えていた男が、鉄パイプを振り回して脅《おど》しにかかろうとする。

だが、状況だけ見ればこれだけ優位に立っているにも関《かか》わらず声が震えている。

荒事に慣れていないのだろう。ついでに言えば、その声は最初に芦屋《あしや》が想像したよりずっと若く細く頼りない声だった。

芦屋《あしや》は余裕の笑《え》みを浮かべながら、一歩、男達に向かって踏《ふ》み出した。

「無駄《むだ》なことをするな。逃げられはせん」

「う、うっせぇよ、ち、近寄るなぶっ殺すぞ！　お、おい、はやくそれ持って逃げるぞ！　エンジンかけろエンジン！」

鉄パイプの男は後ずさりしながら、残る二人にパネルを運ばせようとする。

「諦《あきら》めの悪い奴《やつ》め」

芦屋《あしや》は足を止めない。

大股にどんどん鉄パイプの男に近づき、三人の男達はそれだけで恐慌《きょうこう》をきたしはじめる。

「お、おい、やべぇぞ逃げよう！」

「バカ！　相手は一人だ！　びびんな！」

残る二人は折角《せっかく》外したパネルを放置したまま逃げようとするが、強力な武器を持っている一人は引っ込みがつかなくなったのだろう。

「うわあああああああ!!!!」

甲高《かんだか》い叫《さけ》び声を上げて鉄パイプを振りかぶって力任せに芦屋《あしや》に叩《たた》きつけようとする。

スイカ割りでもするように上段から振りかぶられたそれを、芦屋《あしや》はその場で体を軽く横に開いて、なんら苦労することなく回避する。

「ううっ！」

土を叩《たた》きつけた鉄パイプを子供のチャンバラのように振り回し、なんとか芦屋《あしや》を殴《なぐ》ろうとするが、その全ての打撃を芦屋《あしや》はわずかな動きでいなしてしまう。

「往生際の悪い……」

何度目かの上段からの振り下ろし、芦屋《あしや》はもう避《よ》けることすらせず、自分から相手との距離を詰めると、振り上げられていた相手の手首を大きな左手でがっしりと摑《つか》み押し返した。

そして、

「せいっ!!」

芦屋《あしや》の予想外の行動に目を見開き、ついでに重心が後ろに持っていかれてがら空きになった男の顎《あご》目がけて、芦屋《あしや》は小さくフックを繰り出した。

「うがっ……」

顎《あご》を真横から殴《なぐ》られた男は、うめき声を上げて鉄パイプを取り落とし目を回す。

芦屋《あしや》が手を離すと、男はなんとかバランスを取って立とうとするが、思いきり揺《ゆ》らされた顎《あご》の衝撃が頭を揺さぶり、目の焦点すら合わせられずにへたり込んでしまう。

芦屋《あしや》は素早く背後に回ると、腕を背後に回し、背に膝《ひざ》をついて肩を極《き》め、鉄パイプ男を拘束した。

「現場で一人確保。残りの連中は」

その瞬間《しゅんかん》、車のエンジンをかける音が山に響き渡った。

「……まぁ、大人しく投降するはずもないか。仲間を見捨てて逃げるとは」

芦屋《あしや》は鼻で笑う。

男達が乗っていたRV車は土煙を上げながら猛然《もうぜん》と逃走を開始した。

テールランプが細い舗装道路をフラフラしながら去ってゆくのを見ながら、芦屋《あしや》は今まで車が止まっていた場所に恵美《えみ》が立って、こちらに向けてOKマークを作るのを見る。

芦屋《あしや》が頷《うなず》き返すのを見た恵美《えみ》は、

「天光駿靴《てんこうしゅんか》っ!!」

飛翔《ひしょう》の法術《ほうじゅつ》を発動させ、空を飛んで車を追いはじめた。

「ルシフェル!」

「もう繋《つな》がってるよー」

それを見送った芦屋《あしや》の呼びかけに漆原《うるしはら》は斜面の下からのんびりと返してきた。

「もしもし佐々木千穂《ささきちほ》? うん、車は市街に向かってる。車種は外車を改造した黒のRV車。県道からカッパ館のある橋の方に動いてる。うん、エミリアと真奥《まおう》とベルが追ってる。橋は渡らせないと思うから、警察にそう伝えて。はーいそれじゃ。ふう、芦屋《あしや》お疲れ」

「大したことではない」

芦屋《あしや》は組み伏せた男を見下ろしながら頷《うなず》く。

「それより、きちんとナビをしろよ。逃がすな」

「任せろよ。あーベル? 敵は真奥《まおう》お気に入りのカッパ館の方角目がけて逃走中。そ、市街に向かう下りの道ね。はい、頑張ってねー」

スカイフォンで楽しげに電話をする漆原《うるしはら》の手の上のパソコン画面では、精密な道路地図の上をよろよろとうごめくアイコンが、天竜川《てんりゅうがわ》目がけて移動していた。

※

「な、なんだよ！　どうなってんだよクソ！　おい！　ミツルはどうすんだよ！　お、置いてきちまったのかよ！」

暗い山道を真っ青な顔をしてRV車を運転している若い男が、同乗する仲間達を怯《おび》えた声で責める。

「し、仕方ねぇだろ！　まさか誰かいるなんて……」

「ど、どうしよう、見られた……ミツルが逮捕されたら俺達も……」

「に、逃げるのか、どうすんだ？」

「逃げるったって、どうしようもねぇだろ！」

「落ち着け！　今までだってそうだろ、そうすぐに警察が来るわけねぇ！　高速に乗って、適当なとこで車捨てて逃げるぞ！　どうせこの車だってミツルの車だろが！」

芦屋《あしや》に捕まったミツルという男の仲間であるらしい三人の若い男は、恐慌《きょうこう》をきたしながらも、なんとか自分達は罪を逃れようと希望的観測に縋《すが》って夜道を走っている。

街灯も少なく車も人も通っていない。車線が無い道で信号も無視し、猛スピードでとにかく逃げる。

「で、でも太陽電池はどうすんだよ。せ、折角盗《せっかくと》ったのに……」

「そんなこと言ってる場合かバカ！　捨てるんだよ一緒《いっしょ》に！」

「ああクソっ……今までうまく行ってたのに、なんだよこれ、クソっ！」

「長居しすぎたんだ。うまくいくからってこの辺の畑荒らしすぎたんだ。だから警戒されてたんだよ！　前のとこやった後に、さっさと逃げとけば良かったんだ！」

「今更言っても仕方ねぇ！　とにかくまず高速に入るぞ！　ナンバーまでは見られちゃいないはずだ！　とにかく今は遠くに逃げなきゃ」

運転手の男は、焦《あせ》った心に後押しされてアクセルを踏《ふ》み込む。

駒ヶ根《こまがね》市の外れの田舎《いなか》道を走るには危険な速度で爆走する車は、やがて山を下りて天竜川《てんりゅうがわ》が見える丘の中腹までやってくる。

「もうちょっと、もうちょっとだ、この時間ならあと十分もあれば高速に……」

市街の明かりを見て愚《おろ》かな希望を口にした運転手の男だったが、そのとき、助手席から金切り声が響く。

「前、前前っ!!!!」

「え……？　うわあああああああっ!!!!」

一体どういうことだ、こんな時間に、道の真ん中で、一体何してやがる!!

運転手の男は一秒以下の時間で、それだけの悪態を脳内で叫《さけ》び、そして全力でブレーキを踏《ふ》み込みながら、来《きた》るべき衝撃に備えた。

「ぐわっ!!!!」

「ぎゃあっ!!」

「ひいっ!!!!」

瞬間《しゅんかん》、この世のものとも思えぬ衝撃が車を襲った。

運転席と助手席のエアバックが一瞬《いっしゅん》で膨張《ぼうちょう》し、三人の男達が口々に悲鳴を上げる。

衝撃と共に横滑りして、危《あや》うく横転しかけ、ようやく車が止まる。

三人はしばらく頭を抱《かか》えたまま、動かなかった。

彼らの中では数十分、実際には一、二分ほどの長く、短い時間の後、

「お、おい……何が、ごほっ」

後部座席に座っていた男が、肺を圧迫したシートベルトで咽《むせ》ながら恐る恐る尋《たず》ねる。

「……ひ」

「え？」

「ひ、轢《ひ》いちまった……かもしれねぇ」

「ひ、轢いたって……え、た、タヌキとか……」

「ちがう……ひ、人、人を……」

運転手は顔も上げず、エアバッグがしぼんでも尚《なお》、耐衝撃姿勢のまま震える声で答えた。

「ひ、人っ⁉」

「分からねぇ、一瞬《いっしゅん》だったから、で、でも」

「な、なんでこんな時間にあんなのが……き、着物着た女が……道の真ん中でこっち見て棒立ちに……」

「なんだよ……なんだよそれ、幽霊《ゆうれい》かよ、フザけんなよ」

道を塞《ふさ》ぐようにして横滑りした車のヘッドライトが、何も無い道の脇《わき》の林を照らし出している。なまじ明かりがある分、それだけではカバーできない闇《やみ》がどこまでも不気味に広がっていた。

「で、でも幽霊じゃないだろ？　エアバッグが動いたってことは、やっぱ何か当たったって」

「やめろやめろやめろ‼　人轢《ひ》くとかなんだよ！　はぁ⁉　有り得ねぇ！　あんなのがこんな時間にこんなとこうろうろしてるわけがねぇ！　逃げるぞ！」

運転席の男はハンドルを切ってアクセルを踏《ふ》み込むが、

「んん⁉」

ハンドルが異様に軽い。

まるで、前輪が地面についていないかのようだ。奇妙《きみょう》に思いつつもさらにアクセルをふかす。

が、回転数の上りが悪く、車もがたがた震えるだけで前に進まない。

「くそっ！　道端の岩か何かに乗り上げたか⁉　お、おいテツ！　降りて見てこい！」

「え、ええ、嫌《いや》だよ‼」

運転席の男は突然声を荒げて、後部座席の男に向けて怒鳴る。

「いいから行け！　このままじゃ全員捕まるぞ！」

「う、うう……頼むから置いていくなよ？」

テツと呼ばれた男は、泣きそうになりながらも命令に従って車をおっかなびっくり降りた。

人を轢《ひ》いた、というのが本当なら、すぐ目の前に死体が転がっていたりしないだろうか。

そう怯《おび》えながら開いたドアの外はごく普通の山道で、横滑りしたタイヤの跡が足元に走っている。

そして、おっかなびっくり周囲を見回すが、

「ひ、人なんか、いないじゃないか」

着物を着た女どころか、案山子《かかし》の一本もありはしない。

やはり小動物や標識か何かを見間違えたのではないだろうか。恐れの中にそんな逃避の思考を生み出したテツだったが、車の前方に回ったとき、常識ではありえない恐ろしい現象を目《ま》の当たりにして身を竦《すく》ませる。

「……え……」

目の前の光景を、脳が理解するのを拒否する。

なんだこれは。運転席の二人は、これが見えていないのか？

運転手の男は言った。着物姿の女を轢《ひ》いたと。

なら、これはなんだ。

最大十人乗ることができるRV車を、正面から受け止めて前輪を持ち上げている、この着物姿の女は、一体なんだ？

「ひ……え、ぁ」

「ンん～っ⁉」

テツの口から情けない声が漏《も》れて、それが聞こえたのか、着物の女が振り返った。

「次は、貴様かあ？」

ヘッドライトに照らされたその顔が、獲物を見つけた狼《おおかみ》のような笑顔《えがお》を闇夜《やみよ》に浮かび上がらせる。

その瞬間《しゅんかん》、また運転席の男がアクセルをふかしたのだろう。女が一瞬《いっしゅん》バランスを崩しかけるが、

「はあああっ‼‼」

女は裂帛《れっぱく》の気合で片足を上げると、思いきり足元にスタンプする。

それがどのような威力を持っていたものか、細い足がアスファルトの地面を砕《くだ》き、まるで一

本の鉄杭《てっくい》のように女を地面に固定した。

「逃がさんぞおおおおっ!!」

そしてそのまま、一トン以上あるはずの車を、ゆっくりと持ち上げはじめるではないか。

「そこの貴様も、逃げられると思うなよぉ!?」

今や完全に斜めに車を持ち上げた女に凄絶《せいぜつ》な目で睨《にら》まれたテツは、恐怖のあまりその場で失神し、倒れてしまった。


「なんだ何だなんだ何だなんだ何だなんだよなんなんだよおおおおおお!?」

「ひえええええあああああああああ!?」

運転席と助手席の男は、完全にパニックに陥《おちい》っていた。

テツが外に出た途端、突然フロントガラスから見える視界がせり上がりはじめたのだ。

ヘッドライトがゆっくりと林の木の上の方を照らし出し、今や疑いないほど、車が斜めに持ち上げられている。

ハンドルは完全に空転しているし、いくらアクセルをふかしても後輪は全く回転しない。

「何が起こってんだよおお!!!!」

「た、助けてえええ!!」

一体何が車を持ち上げているのかまるで理解できない二人は、叫《さけ》び声を上げながら、それでも恐れの本能が体を動かし、車を捨てて逃げようとする。

が、彼らの恐怖はそれで終わらなかった。

上昇が止まった瞬間《しゅんかん》、何かが車の上に落ちてきたのだ。

「今度はなんなんだあああ⁉」

助手席の男が頭上を見て泣きわめく。

「お、おい、ヒロ……て、天井、天井が」

運転席の男は、助手席の男の見上げた車の天井を見て言葉を失う。

何か固いものが、物凄《ものすご》い力で屋根を連続で叩《たた》いている。

「ひ、え、ぁ……」

まるで機関銃でも浴びせられているかのように、でこぼこに凹《へこ》む天井。そしてもはや声を失った二人の間に、

「ぎぇっ⁉」

天井を断ち割って氷柱のような刃物が刺し込まれ、運転席と助手席を分断するではないか。

二人は、その鏡のような刀身に映る涙と鼻水だらけの自分の顔と間抜けににらめっこをする。

二人の間とシフトレバーを断ち割って座席の下まで貫いたその刃《やいば》は、やがてゆっくりと戻ってゆく。

だが、恐怖は終わらない。

謎《なぞ》の刀身が貫き空いた穴から次に刺し込まれた物を見て、

「～～～～～～～～～～～～～～～～っ!!!!」

もはや二人は、叫びを声にすることすらできなかった。

それは、手だった。

黄色い炎に包まれた、人間の右手だ。

外板がありえない音を立ててめりめりと剝《は》がれ、更に同じように炎に包まれた左手が車内に侵入してくる。

炎の両手は、しっかり天井を摑《つか》むと、なんと板切れでも持ち上げるように、屋根ごと天井を剝《は》がしはじめたではないか。

サンルーフも無いのに、完全に夜空が見えるほどにこじ開けられた屋根を見上げると、そこには金色の炎に包まれた、月と同じ色の長く蒼《あお》い銀色の髪をたなびかせる女がいた。

「逃げられると思ったの……？」

女の殺気に満ちた低い声は、まるで地獄から響く鬼の声のようだ。

「徒《いたずら》に人の命を危険に晒《さら》した報《むく》いを、受けてもらうわよ」

やがて女は引き裂いた屋根をそのまま車から毟《むし》り取り、ぽいと傍《かたわ》らに投げ捨てる。

アスファルトに落ちたそれが甲高《かんだか》い音を立てたとき、

「……あ、あ……あああああ」

助手席の男、ヒロが恐怖の限界値を超えたらしい。

あろうことか座ったまま、失禁したのだ。

「う、うわっ」

「え、ちょっ……」

だがそれで、同じく恐怖の限界値に達しかけていた運転席の男は我に返った。

屋根の上の炎の女が自分と同じタイミングで狼狽《うろた》えたことには気づかなかったが、

「く、ち、畜生っ‼」

もがきながら運転席のドアを蹴破《けやぶ》るように開け、ずっと下にある地面目がけて飛び降りたのだ。

「あらら……ふうん、まだ逃げるだけの余裕があるのね」

屋根を毟《むし》り取った女は、それをあえて追うことはしなかった。この暗闇《くらやみ》、そして徒歩。

「逃げられないわよ、農家の敵。労働の結晶を横から盗んだ罪、千穂《ちほ》ちゃんや陽奈子《ひなこ》さん、一《ひと》志《し》君を危険に晒《さら》した罪は償ってもらうわよ」

「……エミリア、いいか、下ろすぞ」

「あ、ごめん、重かった？」

「大したことはないが、一応こいつらをきちんと拘束せねば」

ふと、下からかけられる声で、女は我に返った。

もちろん車を持ち上げていた着物の女は鈴乃《すずの》。素手で車の屋根を引き剝《は》がしたのは破邪《はじゃ》の衣《ころも》を纏《まと》って空を飛んできた、恵美《えみ》ことエミリアである。

「魔王は？」

「ああ、少し先で待機している。ルシフェルが千穂《ちほ》殿に指定させた通報ポイントだ。魔王が終わったら、こいつらをそこまで運ぶぞ」

「はいはい。あ、ちょっと待って、携帯回収するから」

エミリアが車から飛び降りて、車の後ろに回る。

窃盗の証拠である太陽電池パネルがしまわれているトランクを開けると、横滑りで色々なものが散乱している中に、エミリアの携帯電話があるではないか。

芦屋《あしや》が最初の男と睨《にら》み合っている間に車の陰に回った彼女が、自分の携帯電話を車の中に放り込んでおいたのだ。

事前に漆原《うるしはら》のパソコンと連動するGPS追跡アプリケーションをインストールしたおかげで、エミリアがかつてサリエルに誘拐《ゆうかい》された際に、真奥《まおう》と漆原《うるしはら》が用いたのと同じ追跡システムを使えるようにしておいた。

それがあったから、漆原《うるしはら》は鈴乃《すずの》と真奥《まおう》に正確な車の逃走経路を知らせることができたのだ。

「もういいわよー」

「よし」

エミリアが携帯電話を回収すると、鈴乃《すずの》は車から手を離した。

地面に落ちた車は、衝撃と自重で前輪のホイールが潰《つぶ》れヘッドライトも砕《くだ》け、見るも無残な有様になる。

「でも、そんなに怖かったのかしら。いくらなんでもおもらししなくても」

「……それは、相当怖かったのだろうなぁ。自分で言うのもあれだが」

ボロボロの車と恐怖に凍った泥棒二人を背に、エミリアと鈴乃《すずの》は肩を竦《すく》めて苦笑した。


「はっ……はあっ……はあっ」

運転手の男は、車から飛び降りた衝撃で痛む足に涙を流しながら、必死に道を走った。

今更一人で走って逃げたところでどうにもならないだろうが、常識を超えた事態の連続に、もはや冷静な判断ができなくなっているのだ。

途中何度か振り返ったが、あの金色の炎に包まれた女が追ってくる様子は無い。

それでも運転手の男は足を止めなかった。止められなかった。

足を止めれば得体の知れない何かが闇《やみ》を割って飛び出してくるのではないかという恐怖が、もたつく足を動かす原動力だった。

夜も更け、わずかな街灯とまばらな農家の明かりだけが点々と見える道を、涙と涎《よだれ》を流しながら一心不乱に逃げる。

やがて道の勾配《こうばい》が緩やかになり、先の方に天竜川《てんりゅうがわ》が見えてきた。

だが、当然人の足では高速道路は逃げられないし、隠れられる場所も多くはない。

「くそっ……なんでこんなことに……」

運転手の男は悪態をつきながら、一度呼吸を整えるために立ち止まった。

もちろん自分達の悪行の報《むく》いを受けているのだが、そんなことを理解できるような心根の持ち主ではないし、報いの受け方が常軌《じょうき》を逸しておかしいといえば確かにそうかも知れない。

と、そのとき遠くにサイレンの音が聞こえたような気がして男は顔を上げた。

救急車か？　それともミツルを捕まえた男が通報して警察がやってきたのだろうか。

今にも死にそうな顔を上げ、それでも尚《なお》逃げようとした男は、

「……うっ⁉」

天竜川《てんりゅうがわ》にかかる橋の入り口に、人影を見つける。

この期《ご》に及んで、近所の人間がたまたま通りがかったと思うほど、男も馬鹿ではなかった。

なぜなら、近所の人間が車道の真ん中で仁王立《におうだ》ちしているはずがないからだ。

人影は、既にこちらを認めていた。

ゆっくりと歩み寄る影は、男とそれほど体格差が無いように見えた。

だが、

「運が悪かった……とか思っちゃいないだろうなぁ？」

闇《やみ》から聞こえる声は、若い男の声だ。

「勘違いすんなよ。お前らがバカだったんだ。バカだったから、踏《ふ》まなくていい虎《とら》の尻尾《しっぽ》を踏んじまったんだ」

だが、その声が耳に届くと同時に、運転手の男は背筋に悪寒が走り、呼吸が急激に苦しくなりはじめる。

今まで全力疾走《しっそう》をしてきていたが、それとはまったく違う苦しみ。

見えない手に、首を絞《し》められているような、そんな息苦しさだ。

「悪行に貴賤《きせん》はねぇ。だがな、やっぱりお前らは俺達とは違う。俺達は、生きるために奪《うば》った。テメェらは……何も考えてなかった。何も考えずに、奪い、傷つけた。だからテメェらは、きっとこの期《ご》に及んでも、なんで自分がこんな目に遭うんだとしか思ってねぇんだろうな」

息苦しさが見せる幻覚だろうか、近づく影が、心なしか大きくなっている気がする。

人影に闇《やみ》より黒い禍々《まがまが》しい何かが取りつき、膨《ふく》れ上がっているかのようだ。

「お前らはきっと、無事に逃げおおせたら自分の悪事を思い出すことなんかこれっぽっちも無かったんだろうな。感じるぜ、テメェの、心根の腐った負の感情をな」

「……ひぃぇぁ……」

呼吸もままならない中、男は見た。

人影に、街灯の光が当たる。

その頭には、角が生えていた。

その足は、人間ではありえない、この世のものとも思えない獣の足だった。

上背は、最初にミツルを捕まえた男よりずっと高い。

まるで、昔話に出てくる鬼だ。

運転手の男は震えながら、自分を見下ろす鬼を見上げた。

「地獄を見る覚悟の無い奴《やつ》が、粋《いき》がって悪さするもんじゃなかったな。人を傷つけた代償は、これからテメェら自身が、一生かけて払ってくんだ」

片方の角が欠けた大鬼が、へたり込んで声も出ない男の頭を摑《つか》む。

もはや体の全てがパニックを起こし、指一本動かせない男の頭を摑《つか》んだ鬼は、脱力した男を高々と持ち上げ、そして、

「……俺達みたいにな」

その声を聴く前に、運転手の男は気絶し、鬼の手の中で脱力していた。

※

「一馬《かずま》兄ちゃん、大丈夫だからちょっと落ち着いて」

夜道を猛スピードで走る一馬《かずま》の車の助手席で、千穂《ちほ》は焦《あせ》る一馬《かずま》を落ち着かせようとしていた。

「い、いやしかし、真奥《まおう》さん達がまさかそんなことしてるなんて……もし何かあったら……」

「大丈夫だって。大体私達が事故起こしたらそれどころじゃないでしょ」

「千穂《ちほ》の言う通りえ一馬《かずま》、俺達が焦ってもしゃぁねぇぜ」

「うう……」

だが、一馬《かずま》の心情を考えればそれは無茶というものだ。

夜中に叩《たた》き起こされたと思ったら、畑に泥棒が入っていると千穂《ちほ》がまくしたてるのだ。

最初半信半疑の一馬《かずま》は警察への電話を渋《しぶ》っていたが、そんな一馬《かずま》の尻《しり》を叩いたのが、今、後部座席にいる、祖母のエイだった。

「でも、なんで婆《ばあ》ちゃんも一緒《いっしょ》に来るんだよ！　危ないだろ⁉」

「危ねぇことはなんもないで来たの。ずーっと山の下の方から冷たい感じがするら。そこでもう全部終わっとる気がするで、まずは橋のとこまで走らせりゃええに」

千穂《ちほ》は不思議に思い、祖母を振り返る。

まさか祖母が、銚子《ちょうし》で出会った大黒天祢《おおぐろあまね》のように普通の人間ではない、などということはないだろうが、それにしても、まるで真奥《まおう》や恵美《えみ》達の事情を最初から斟酌《しんしゃく》していたかのようなことを言うのが奇妙《きみょう》だ。

するると、そんな千穂《ちほ》の視線を感じたのか、祖母はにやりと笑ってこう言った。

「昔はああいう衆はたまにおったのよ。俺はそういう衆を見たことがあるっちゅうだけのこと。へぇ今は色々と便利で安全になって、不思議な力を持った衆が生まれる必要の無い時代ずら」

それは、何かの答えなのだろうか。

分からないままやがて、

「あっ！」

一馬《かずま》が道の先、天竜川《てんりゅうがわ》にかかる橋のたもとに沢山《たくさん》のパトランプが回っているのを見つける。

車を降りた千穂《ちほ》と一馬《かずま》とエイは、この場所この時間に意外なほど多く集まっている野次馬の中に、五人の人間の姿を見つけた。

黄色いテープが張られた向こうには、どんな事故に遭えばそんな状態になるのか、天井が剝《は》がれ、前輪が砕《くだ》けて横転している大きなRV車があった。

丁度、四人の若い男がパトカーではなく救急車に乗せられており、それを見届けた五人は、軽く肩を竦《すく》めるとその場を後にしようと振り返り、そして、

「「「「「あ」」」」」

千穂《ちほ》と、一馬《かずま》とエイと、目が合う。

一馬《かずま》は、訳が分からなかっただろう。

千穂《ちほ》の話では、真奥《まおう》達は畑の見回りをしていて、泥棒を見つけて通報しただけのはずだ。

その真奥《まおう》達が泥棒らしき一味の車の事故現場に何故《なぜ》勢揃《せいぞろ》いしているのか。

千穂《ちほ》に叩《たた》き起こされてからここに到着するまで二十分も無い。

佐々木《ささき》家の畑のどこにいようと、たった二十分では徒歩でここまで来られるはずがない。

真奥《まおう》と、芦屋《あしや》と、漆原《うるしはら》。

恵美《えみ》と鈴乃《すずの》は少し居心地悪そうに顔を見合わせたが、

「真奥《まおう》さん、遊佐《ゆさ》さん、芦屋《あしや》さん、漆原《うるしはら》さん、鈴乃《すずの》さん」

そのとき千穂《ちほ》が、満面の笑《え》みで五人に駆《か》け寄った。

「ありがとうございました」

そしてぺこりと頭を下げる。

それを見たエイは、一馬《かずま》の尻《しり》を叩《たた》いて言った。

「やい一馬《かずま》」

「あ、ああ」

「あの人らは陽奈子《ひなこ》と一志《ひとし》と俺達を守ってくれた、千穂《ちほ》の大事な友達ぇ。それでいいっちゅうこと」

この日本という国で、激動の時代を生き続けた祖母の言葉は、シンプルに、力強く一馬《かずま》の心を揺《ゆ》さぶった。

「千穂《ちほ》の、友達か……」

「ほうよ」

「……そっか、そうだな」

一馬《かずま》は、苦笑して頷《うなず》いた。

「だったら」

「ん？」

「明日の朝は、普通に働いてもらった方がいいんだよな」

一馬《かずま》は肩を竦《すく》めて、千穂《ちほ》がねぎらう五人の不思議な都会人を見た。

「そういうことぇ」

エイは、一馬《かずま》の言葉に満面の笑《え》みで満足そうに頷《うなず》いたのだった。

終章

「はい、サインでいいですか、はい……どうもご苦労様です。あ、とりあえず廊下に置いておいてください、後でこちらで仕分けますから」

芦屋《あしや》は、宅配便の配達員に礼を言ってから、廊下に置かれた段ボールの山を見て苦笑する。

東京笹塚《ささづか》の木造アパート、ヴィラ・ローザ笹塚《ささづか》にその日届いた荷物の量たるや、ちょっとした青果店でも開けそうなほど膨大《ぼうだい》なものだった。

「これまた、とんでもない量だな。鈴乃《すずの》が引っ越してきたときのうどん超えてんじゃねぇか？」

真奥《まおう》も部屋から出てきて、共用廊下に積み上がった段ボールに目を丸くしている。

「ああ、間違いなく超えている」

荷物のもう一人の受け取り人である鈴乃《すずの》がそう言って、芦屋《あしや》と同じように苦笑した。

送り主は、長野県駒ヶ根《こまがね》市の佐々木《ささき》一馬《かずま》となっている。

中身は間違いなく、佐々木《ささき》家の田畑で収穫された作物だろう。

一つ一つ中身を確認してみると、なんと真奥《まおう》と鈴乃《すずの》が隠れたスイカ畑から収穫された、２Ｌサイズの大玉スイカが四玉もある。一人一玉の計算だ。

そのほかにも真奥《まおう》達が手ずから収穫した茄子《なす》、キュウリに加え、現地では見ることの無かったトマト、カボチャ、レタスにキャベツなど、向こう一ヶ月はスーパーで野菜を買う必要が無さそうなほどの量が送られてきていた。

もちろんこれは、佐々木《ささき》家の好意であり、それぞれアルバイト代は現地できちんともらっている。

「ありがたいことです。アルバイト代だけでなくこんなにもいただきものをして、食費がどれほど助かることか。佐々木《ささき》さんのお宅の仕事を引き受けて本当に良かった」

芦屋《あしや》は感涙《かんるい》に咽《むせ》ぶが、

「喜んでばかりもいられないぞアルシエル。どうやってこれだけの量を冷蔵庫に入れる」

鈴乃《すずの》は早くも現実的な問題と向き合っているようだ。

「明日は三食スイカかな。ちょっと近所におすそ分けでもすっか？　そうじゃねぇと悪くしちまいそうな量だぜ？」

真奥《まおう》が苦笑すると、

「ねぇ、こっちの箱、手紙入ってるよ」

別の箱を開けていた漆原《うるしはら》が、厚い封筒を手に寄ってくる。

開けてみると、中には写真が何枚かと、一馬《かずま》の手による手紙、そしてなぜか、スーパーの広告紙が折りたたまれて入っている。

四人は思わず顔を見合わせる。折りたたまれた広告紙を開くと、果たして白い裏面にびっしりと、達筆なエイの文字がつづられていた。

どちらの手紙も、アルバイトを引き受けてくれたことに対するお礼と、近況報告、そしてうっすらと例の野菜泥棒の件に触れた後に、是非《ぜひ》また来年の夏も来てくれという言葉で結ばれていた。

あの四人の男達は、最初は佐々木《ささき》家への窃盗容疑で逮捕され、取り調べの末に駒ヶ根《こまがね》市内を荒らしまわっていた連続農作物窃盗犯であることが判明し、再逮捕の末に送検された。

驚いたことに、四人は比較的裕福な暮らしをしている、都内在住の大学生だった。

佐々木《ささき》家も含め、近隣農家の被害額は数百万円に上ったが、当の窃盗犯達は、盗んだ作物を悪質な業者やネットオークションに安値で転売したり、自分達で食べるなどしてわずか十数万円程度に換金し、遊興費などに当てていたのだと言う。

農産物を田畑から直接盗む事件は全国的に多発しており、今回のこともその悪質性や、犯人が在籍していた大学が全国的に有名な高偏差値大学だったことなどもあって、かなり大々的に全国ニュースを賑《にぎ》わした。

いくつかのニュースの中で、彼らが逮捕された現場の不可解な点を挙げる局もあった。

事故状況を推測できない車の奇妙《きみょう》な破損状態。

四人の男達が一ヶ所に集められて、その全員が心神喪失《そうしつ》状態だったこと。

鬼を見ただの、炎に包まれた女を見ただの、意味不明な供述をしていることなどだ。

だが当然真実を知る者はいないし、犯人達が供述したところで、彼らの見たものの荒唐無稽《こうとうむけい》さを考えれば誰も信じることは無い。

その日以前の犯行には悪質な計画性が認められるため、心身耗弱《こうじゃく》による情状は認められないだろうと各局のコメンテーターは語っていた。

一馬《かずま》も、そしてもちろんエイも、その不思議については一切手紙で触れていなかったし、これからも触れることは無いのだろう。

その代わり、二人は揃《そろ》って、

『千穂《ちほ》の友達なら、遊びに来るだけでもいつでも大歓迎！』

と言ってくれている。

それだけで、真奥《まおう》達としては真面目《まじめ》に働いた甲斐《かい》があったというものだ。

「漆原《うるしはら》、次に行くときはもうちっと早起きしねぇとな」

「ええ？　僕はもうやだよ。真奥《まおう》と芦屋《あしや》とベルだけ行けばいいだろ」

「貴様を一人で置いていくことを、アルシエルが承服するとも思えんがな」

「ベルの言う通りだ。佐々木《ささき》一族との縁はこれからも大事にしていかねばならん。次に行くときも、魔王城は全軍出撃だ」

「全軍って三人しかいないだろ！　ていうか、真奥《まおう》も芦屋《あしや》もいつまで日本にいるつもりなんだよ！　世界征服はどうしたんだっての！」

芦屋《あしや》と漆原《うるしはら》の不毛な言い争いが始まると長い。

二人を尻目《しりめ》に真奥《まおう》は、携帯を取り出して千穂《ちほ》に電話をかける。

「もしもしちーちゃん？　今平気？　ああ、実は駒ヶ根《こまがね》から野菜が届いてさ、うん、世話になったからまずちーちゃんのお袋さんと親父《おやじ》さんに言っておいた方がいいかなと思って。あ、お袋さんいるの？　代わってもらえるか？　……あ、もしもし真奥《まおう》です。この度は本当にお世話になって……ええ。今一馬《かずま》さん達から。ん？」

ふと横を見ると、鈴乃《すずの》が手を出して、電話を貸せ、というジェスチャーをしている。

「鈴乃《すずの》んとこにもいただいてて、ちょっと鈴乃《すずの》に代わります。ほい、今、ちーちゃんのお袋さんが」

「すまない。……もしもし鎌月《かまづき》です。どうも、この度は後から不躾《ぶしつけ》にお邪魔《じゃま》したのに恐れ入ります……」

鈴乃《すずの》は真奥《まおう》の電話を耳に当て、電話の向こうの里穂《りほ》に向かって小さくお辞儀をしている。

その姿を見ながら真奥《まおう》は、このあと、鈴乃《すずの》と千穂《ちほ》と、そして恵美《えみ》と一緒《いっしょ》に何かお礼を考えなければならないなとぼんやり考えていた。

※

『ひー、ひーのしゃしん、ほしい！』

出勤前に、アラス・ラムスに一志《ひとし》の写真を見せたのは失敗だったかもしれない。

恵美《えみ》は、家を出る前に受け取った荷物の中に入っていた駒ヶ根《こまがね》の佐々木《ささき》家からの手紙を手に、そう思った。

恵美《えみ》と一定以上の距離を取ることができないアラス・ラムスは、恵美《えみ》の出勤時は融合状態に戻り、恵美《えみ》の中に存在している。

だが、その意識が覚醒《かくせい》していると、恵美《えみ》の頭の中で延々恵美《えみ》に話しかけてくるのだ。

まして、日本で初めてできた同年代の友達である佐々木《ささき》一志《ひとし》の写真を見せてしまえば、アラス・ラムスが喜んで当然である。

「はいはい、どこかで焼き増ししてあげるから、ままこれからお仕事だからちょっと静かにしてて」

『やくそく！』

「約束ね。指切りげんまん」

『ゆびきーえんまん！』

恵美《えみ》はどこまでも真剣なアラス・ラムスに微笑《ほほえ》みながら、手の中の写真に目を落とす。

東京に帰る日の朝、駒ヶ根《こまがね》の佐々木《ささき》家の前で、佐々木《ささき》一家と恵美《えみ》とアラス・ラムスと千穂《ちほ》と鈴乃《すずの》と真奥《まおう》達、そして真奥《まおう》達を迎えに来た里穂《りほ》も一緒《いっしょ》に撮った写真である。

そこに写る魔王は、いつも通りの冴《さ》えない青年、真奥貞夫《まおうさだお》の姿。

だがあのとき恵美《えみ》は、確かに感じた。

真奥《まおう》は、僅《わず》かではあるが、悪魔型を取り戻していた。

芦屋《あしや》は人間型のまま戦っていたし、すぐに真奥《まおう》の魔力も感じられなくなったのでエネルギー源は決して大きくはなかったのだろうが、それでも大量の負の感情の無いあの場所でどうやって真奥《まおう》が変身することができたのか。

鈴乃《すずの》としばらく話し合った末に、あまり信じたくないことだが、あのカッパ館が魔力の発信源ではないかという結論に落ち着いた。

外観こそ可愛《かわい》らしいカッパを模した建物だが、中の展示物は民俗学に基づいた、かなり本格的な研究施設であるらしく、中には歴史ある文物も収められていたらしい。

歴史の波に呑《の》まれ風化したとはいえ、この地に住む人間達が古《いにしえ》の時代から蓄積してきた、水辺の妖《あやかし》である『河童《かっぱ》』への畏怖《いふ》と恐怖を魔力として変換した、というのが唯一《ゆいいつ》あり得《う》る可能性だ。

後で千穂《ちほ》から、真奥《まおう》がやたらカッパにこだわっていたという話も聞いていている恵美《えみ》。

最近迂闊《うかつ》に心を許すことが多くなりつつある魔王城の面々が、改めて恐ろしい悪魔であることと、彼らが本来の力を取り戻す可能性が日本国内に存在することを再確認する。

とはいえ、いつもの笹塚《ささづか》の環境に戻ってしまえば警戒しようにも普段以上に警戒することもないわけで、恵美《えみ》の意識は出かける間際に見た段ボール二箱分の野菜をこれからどう食べていくかを考える方に重要度をシフトしはじめる。

「夏休み明けの顔は憂鬱《ゆううつ》そうだねー」

職場の更衣室で同僚で友人の鈴木梨香《すずきりか》が恵美《えみ》の頰《ほほ》を突きながら言ってきた。

「おはよう梨香《りか》。うん、憂鬱《ゆううつ》になるには贅沢《ぜいたく》な悩みなんだけど、ちょっとうちに沢山《たくさん》野菜が届いてね」

「野菜？　親戚からの届け物か何か？」

「うん、そんなところかな。親戚じゃないけど、長野の知り合いから……」

「ああ、そういえば長野に行ってたんだっけ」

佐々木《ささき》家で働くことになるのは予定外の出来事だったが、長野に行くこと自体は特別隠すことではないので最初から梨香《りか》には伝えていたことだった。

「そ。あ、これお土産《みやげ》」

「お、サンキューサンキュー。……『雷鳥饅頭《らいちょうまんじゅう》』って、なんか強そうだね」

「それは私も思ったわ」

「あ、そうだ！　長野って言えばさ、ねえ恵美《えみ》、この話知ってる？」

梨香《りか》は、はたと思い出して手を打つと、自分の荷物が入ったロッカーの中から携帯電話を取り出し恵美《えみ》に画面を向ける。

ニュースサイトが報じるトップニュースは、あの農作物泥棒達の記事だった。

「……ああ、野菜泥棒が捕まったって話？　そういえばニュースになってたわね」

まさかその泥棒の車の屋根を自分が引きちぎったとは言えないので、世間話の体《てい》で頷《うなず》く恵美《えみ》だが梨香《りか》は首を横に振った。

「違う違う、そのちょっと下。これマジかな？　そっちにいる間、地方ニュースとかになったりしてなかった？」

「え……」

恵美《えみ》は梨香《りか》に言われるままにサイトの下方に目を向け、

「っ!?」

思わず、卒倒しそうになった。

「こ、これ……っ」

「うん、びっくりでしょ！　ちょっと恵美《えみ》に似てるなーって思って、まぁ恵美《えみ》が農作業してるはずないから別人だとは思うけど、後ろ姿がなんか似てない？」

一体いつの間に、どこから撮られていたのだろう。

かなり遠い場所からだが、それは間違いなく、熊を倒した後で警察の現場検証に立ち会っている恵美《えみ》の後ろ姿だった。

普段とは全く違う農作業服を着ていて顔も写っていない。

だが写真の奥、ピントの合っていない場所にカメラ側に顔を向けて立っているのは間違いなくアラス・ラムスを抱《かか》えている真奥《まおう》の影だ。

もしこれで真奥《まおう》とアラス・ラムスの顔が判別できていたら、恵美《えみ》はあらゆる情を捨ててでも、梨香《りか》の記憶操作をしなければならなくなるところだった。

「『農家の女性が素手で熊と格闘か⁉』とか、スポーツ紙も適当なこと書くよねー。普段なら笑って気にもしないけど、写真がなんとなく恵美《えみ》っぽかったからつい保存しちゃったんだ」

「く、く、熊ね、そ、そうね、ニュースになってた気もするわ」

「ん？　恵美《えみ》、どしたん？」

「な、なんでもな、ないわよ。さ、仕事しましょ、仕事」

恵美《えみ》は固い笑いを張りつかせて、梨香《りか》を促《うなが》して更衣室から出る。

「あ、ちょ、ちょっとゴメン、トイレに寄らせて」

「わ、分かったけど、恵美《えみ》、大丈夫？」

「大丈夫大丈夫、何か朝ごはん食べ過ぎたかも……あはは」

首を傾《かし》げる梨香《りか》を待たせて、恵美《えみ》はトイレに飛び込むと、鏡の前で荒い息を吐《は》く。

『まま、だいじょぶ？』

まだ起きていたらしいアラス・ラムスが、心配そうに脳内に語りかけてくる。

「だ、大丈夫よ。別にバレてないし、動揺《どうよう》しちゃったけど、あれが私だってバレる理由も無いし」

冷や汗をかく自分の顔を鏡に映しながら、アラス・ラムスに答えるというより自分に言い聞かせる恵美《えみ》。

だがアラス・ラムスはまだ心配そうに、こんなことを言ってきた。

『まま、くまごろし、や？』

「…………………………………………………………誰に聞いたの」

『ぱぱがいってた』

「………………………………………………………………………そう」

恵美《えみ》は、先ほどの蒼白《そうはく》な顔から一転、あの夜よりも暗い怒《いか》りの影を顔に落としながら、小さく笑いはじめた。

「……アラス・ラムス、今日は夜に、ぱぱのところに寄りましょうね－」

『ぱぱ！　よるよる!!』

「それで……ぱぱが、アラス・ラムスや一志《ひとし》君に何を話したのか、し────っかり、たっぷり、確認しましょうね。くくくくく……」

恵美《えみ》の地の底に響くような笑いはしばらく続き、トイレの前で待っていた梨香《りか》を震え上がらせる。

「え、恵美《えみ》？　大丈夫？　そ、その、ごめんね？　何か気ぃ悪くした？」

たまりかねてトイレを覗《のぞ》き込んだ梨香《りか》は、洗面台の前で不気味な笑い声を上げている恵美《えみ》に恐る恐る尋《たず》ねる。

「え？　ああううん、ごめんね、なんでもないの。むしろ梨香《りか》のおかげで、いいこと知っちゃった」

「へ？　あ、うん、そう？」

「今日ちょっと帰りに寄る所ができたんだ。ちょっと楽しみで、おかげで今日は仕事頑張れる気がする」

「そ、そう？　まぁ、なんだか知らないけど、楽しいといいね」

「ええ」

恵美《えみ》は、満面の笑顔《えがお》で頷《うなず》いた。

「きっと、とーっても楽しいわ」


その夜、エンテ・イスラでの決戦もかくやというほどの、勇者と魔王による（一方的な）激闘が幕を開くことになるのだが、それはまた、別の話。

―了―

勇者、魔王を討伐する　―　熊殺し編　―

駒ヶ根《こまがね》の佐々木《ささき》家から送られてきた大量の野菜を、なんとかして冷蔵庫に詰め込《こ》もうと芦屋《あしや》が四苦八苦しているのを、真奥《まおう》はぼんやり眺めていた。

送られてきた段ボール箱と冷蔵庫のサイズを比較すれば、全部入りきらないのは自明の理である。

特に一抱えほどもあるスイカが三玉もあり、さすがの芦屋《あしや》もこれを冷蔵庫に入れるのは早々に諦めている。

今日の夕食は塩を振ったスイカだろうか。

東京の酷暑の中ならばらばらそれも悪くないなどと思っていると、

「こちらも苦労しているようだな」

鈴乃《すずの》が二〇一号室の玄関を開けて覗《のぞ》き込《こ》んでくる。

「そっちは大丈夫だったのか？」

「いや……」

鈴乃《すずの》は苦笑しながら首を横に振った。

「スイカは早々に諦めた。一玉、なんとか食べきるしかないな。あと、足が早そうなものは今日中になんとかして漬物にでもしてしまおうかと思っている」

やはりスイカか。

真奥《まおう》は、千穂《ちほ》の祖母エイが『最近は大玉のスイカが敬遠されがち』と言っていたのを思い出す。

なるほど、夏場の冷蔵庫の中にこれだけ大きな球体があったら邪魔で仕方ないし、よほど大所帯か大食らいでもない限り、消費するのも大変だろう。

二〇一号室は男ばかり三人だから、三玉あってもまだなんとかなる。

だが、鈴乃《すずの》は一人でスイカ一玉消費しなければならないのだから、小柄な彼女にはこれはなかなかの難事業だろう。

「近所に、テレビに出てくるような大食いチャンピオンでもいりゃいいのにな」

真奥《まおう》はそんな軽い口を叩《たた》く。

「ところでなんの用だよ。言っとくがお前んとこの野菜を引き受けられるような余力はこっちにもねぇぞ」

「いや、エミリアからメールが来てな」

鈴乃《すずの》はそう言って、真奥《まおう》に携帯電話の画面を見せる。

真奥《まおう》は反射的にそれを覗《のぞ》き込《こ》んで、首を傾《かし》げた。

恵美《えみ》から鈴乃《すずの》に宛てられたメールは、

『今日、仕事帰りに行くから。魔王にもそう伝えておいて』

と、シンプルだが強い意志を感じさせる文面だった。

「なんだこれ。俺に断り入れる必要あんのか？」

恵美《えみ》が普段ヴィラ・ローザ笹塚《ささづか》を訪ねてくるとき真奥《まおう》に断りを入れるのは、アラス・ラムスと真奥《まおう》の面会の約束があるときに限定される。

駒ヶ根《こまがね》から戻って何日も経《た》っておらず、アラス・ラムス絡《がら》みの約束も無かったため、真奥《まおう》は違和感を覚えながらもあまり深く考えなかった。

「分からんが、一応伝えたからな」

鈴乃《すずの》も特に気にしていないのか、それだけ言って自分の部屋に戻ってしまう。

暑さのせいと言ってしまえばそれまでだったが、真奥《まおう》はもう少し、この違和感の理由をきちんと考えるべきだった。

そしてそれを怠った代償を、わずか数時間後に払うこととなる。

夕方になり、陽《ひ》が傾いても全く熱が引かぬ笹塚《ささづか》の町。

だがどういうわけか、真奥《まおう》は背筋に悪寒《おかん》が走り、小さく唸《うな》る。

「どうされましたか、魔王様」

芦屋《あしや》の問いに、真奥《まおう》は震える声で答える。

「わ、分からねぇけど、今、すっげぇ寒気が」

「うわ、顔真っ青。風邪でもひいたんじゃないの？」

漆原《うるしはら》が素直にそんなことを言うくらい、真奥《まおう》の表情は青ざめているようだ。

「風邪……かなぁ。おい、ちょっと体温計取ってくれ」

「駒ヶ根《こまがね》では、かなり肉体労働が続きましたからね。銚子《ちょうし》でも慣れぬ環境で働いていましたし、少し養生されたほうがよ……ん？」

「芦屋《あしや》？」

「……い、いえ、私も、今少し寒気が」

「ええ、ちょっとどうしたんだよお前ら。二人して突然……っ!!」

これはどうしたことか。

真奥《まおう》に続いて芦屋《あしや》も漆原《うるしはら》も、突然の悪寒《おかん》に身を竦《すく》ませる。

丁度そのとき、真奥《まおう》の耳は誰かがアパートの共用階段を上がってくる音を捉えていた。

「うっ！」

その音が、さらに真奥《まおう》の悪寒《おかん》を加速させる。

「い、一体なんだ……」

足音は二階に到達すると、一日二〇一号室の前を通り過ぎる。

「ああ…………るぞ…………どうし…………」

わずかに聞こえる鈴乃《すずの》の声。

そして、気づいたときには遅かった。

稲妻の如《ごと》き速度でキッチン前の窓を影が横切り、刹那《せつな》の間すらおかず、二〇一号室の玄関が蹴破られる。

「「ひいっ!!」」

魔王と悪魔大元帥《だいげんすい》と堕天使《だてんし》は、情けない悲鳴を上げて身を竦《すく》ませた。

そこに立っているのは、魔王よりも圧倒的に魔王らしい殺気を背負った、天使とのハーフなはずの勇者であった。

「こんばんは、魔王」

静かな口調の一音一音が、まるで聖剣《せいけん》の切っ先の如《ごと》く真奥《まおう》に刺さる。

「えっ……え、恵美《えみ》っ……一体……なっ……なんの、用……」

真奥《まおう》は、最後まで言うことができなかった。

「自分の胸に聞きなさいっ!!」

その踏み込みの速度は、エンテ・イスラの魔王城での決戦を凌駕《りょうが》していた。

芦屋《あしや》四郎《しろう》は一時間後、そう語った。

※

「いいですか」

「はい」

「真奥《まおう》さんと遊佐《ゆさ》さんは魔王と勇者で、宿敵同士。それはいいです。仕方ありません」

「はい」

「でもですね、今は二人とも日本に住んで、曲がりなりにも社会人やってるんです」

「重々承知しております」

「だったらですね、最低限通すべき筋、ってありますよね」

「仰《おっしゃ》る通りです」

「だから、真奥《まおう》さんが悪いって、分かりますよね」

「もちろんです」

ヴィラ・ローザ笹塚《ささづか》の二〇二号室。

鈴乃《すずの》の部屋で千穂《ちほ》に膝《ひざ》詰めの説教をされているのは、真奥《まおう》ではなく芦屋《あしや》だった。

真奥《まおう》は今、二〇一号室で漆原《うるしはら》とともに人事不省となっている。

恵美《えみ》と真奥《まおう》がつまらないことで喧嘩《けんか》するのはいつものことだが、今日は特に阿鼻叫喚《あびきようかん》の度合いが酷《ひど》く、さりとて原因の分からない鈴乃《すずの》は、騒動が起こる直前に預けられたアラス・ラムスを抱えたまま、千穂《ちほ》に救援を求めることしかできなかった。

極めて深刻な事態と判断した鈴乃《すずの》が必死で救援を求め、鈴乃《すずの》の必死さに驚いた千穂《ちほ》が猛ダッシュでやってきたときには半分ほど事態は手遅れ。

勇者の突進に巻き込まれた漆原《うるしはら》が壁際《かべぎわ》に弾《はじ》き飛《と》ばされて失神。

今も尚《なお》、二〇一号室では恵美《えみ》による魔王討伐が続いている。

鈴乃《すずの》が『両親』の大喧嘩《げんか》を耳に入れては教育に悪いとアラス・ラムスをアパートの外に連れ出したところで千穂《ちほ》が現れ、這《ほ》う這《ほ》うの体で二〇一号室から主《あるじ》を見捨てて逃げ出した芦屋《あしや》を聴取して発覚した原因は、真奥《まおう》と恵美《えみ》の関係を十全に理解している千穂《ちほ》をして、呆れ果てたものだった。

「年頃の女の子が『熊殺し』なんて呼ばれて、喜ぶわけありませんよね？」

「……全くもって、仰《おつしや》る通りです」

今日の騒ぎは、駒ヶ根《こまがね》の佐々木《ささき》家で恵美《えみ》が野生の熊を撃退したことに端を発する。

駒ヶ根《こまがね》の佐々木《ささき》家の農地に迷い出て、千穂《ちほ》の親戚達に危害を加えようとした野生のツキノワグマを、恵美《えみ》が素手で撃退した。

エンテ・イスラに関わる事柄を知らない千穂《ちほ》の親戚達の目には、信じ難《がた》い光景だったはずだが、千穂《ちほ》の親戚達は恵美《えみ》の立場を慮《おもんぱか》り、それについて恵美《えみ》を一切追及せず、その事実を外部に漏《も》らすこともしなかった。

だが、その一連の流れを語るにあたり、真奥《まおう》が『熊殺し』という単語を発してしまう。

どのような運命のいたずらかアラス・ラムスにも伝わっており、この日の日中、アラス・ラムスは無邪気さ故《ゆえ》に大好きな『まま』に向かって、

「まま、くまごろし、いや?」

と言ってしまったのだ。

この無邪気な娘は、情報源を、

「ぱぱがいってた」

と正直に明かし、結果、勇者エミリアによる魔王城突撃という大惨事を招いてしまったのだった。

「それで、真奥《まおう》さんは許してもらえそうなんですか」

「絶対に無理だと思います」

「でしょうね」

ヴィラ・ローザ笹塚《ささづか》の薄い壁からは、延々と恵美《えみ》の悪口雑言と真奥《まおう》が土下座する音が響き続けている。

恵美《えみ》自身、熊を倒したこと自体を後悔しているわけではない。

ただ『母親』として『娘』から『熊殺し』呼ばわりされたくないだけなのだ。

「……どうしたものでしょうね」

「はぁ……」

思案顔の千穂《ちほ》と、項垂《うなだ》れる芦屋《あしや》。

そして。

「すずねーちゃ。くまごろしってなに？」

「あー……ええっと……それはだなぁ……あー、アラス・ラムス、オレンジジュース飲みたくないか？」

「のむ！」

どんな事態が起こるか分からずつい笹塚駅《ささづかえき》まで避難してきてしまった鈴乃《すずの》は、アラス・ラムスの追及を逃れるために、必死の想《おも》いで鼻先にニンジンをぶら下げ、気を逸《そ》らすのに腐心していたのだった。

※

「なんとかして!!」

「な、なんとかって言われても……」

「今朝仕事に入る前から、私が何度アラス・ラムスに『熊殺し』って言われたか、あなた分かる!?」

「い、いや」

「よ、よく数えたな」

「三十八回よ三十八回!!」

「言いやすいのよきっと！　意味も分からず言うもんだから怒るわけにもいかないのよ！　本当、どうしてくれるの!!」

「そ、その、本当にすま……」

「あなたを討伐してどうにかなるんだったら今すぐそっ首刎《は》ね飛ばしてやりたいわ！」

「す、すまん！　本当にすまんっ!!」

「もおおおおおおおおおお!!!!」

真奥《まおう》も自分が悪いことは重々分かっている。

全く自覚は無いのだが、アラス・ラムスの前ではっきり恵美《えみ》のことと分かる会話の流れで何かの拍子に『くまごろし』と発音していたのだろう。

だが一方で、駒ヶ根《こまがね》では真奥《まおう》の過去の所業や、真奥《まおう》が農業に従事することについては静かな怒りを湛《たた》えつつも特にうるさいことは言わなかったのに、たかだか熊殺しくらいでここまで怒ることないのに、とも思っていたりする。

「あなた、反省してないでしょ!!」

「い、いや、そんなことは！」

「私が農業やることに怒らなかったのに、熊殺しって言われたくらいでうるさいこと言うなよって顔してるわよ!!」

「心読むなよ!!」

「やっぱり思ってるんじゃないの!!」

「だから悪かったって!!」

「心にも無いこと言わないで！」

「どうしろってんだよおおお!!」

こんな、ワイバーンも食わない『夫婦喧嘩《げんか》』をBGMに、

「あ、あの、佐々木《ささき》さん、こんなもの、一体何に……」

「いいですから、私の言う通りにしてください」

「あ、は、はい……」

「いいですか、私がここに必要なことを書いていきますから、芦屋《あしや》さんはそれに沿って……」

「……わ、分かりました」

芦屋《あしや》は千穂《ちほ》に言われるがままに購入してきたものを不思議そうに眺め、

「すずねーちゃ。ぱぱのところいこう」

「ええっと、アラス・ラムス、りんごジュースはいらんか？」

「もういい」

「あ、アラス・ラムス、このカフェには他にも美味《おい》しいものがあってだな!!」

鈴乃《すずの》はなんとかアラス・ラムスの注意を引こうと必死で道化を演じ、

「……早く帰れよな……」

漆原《うるしはら》は気絶したふりをして、ずっと二〇一号室の畳の上に寝そべっている。

そうして、恵美《えみ》が叫《さけ》び疲れ、真奥《まおう》が土下座したまま顔を上げなくなり、鈴乃《すずの》が諦《あきら》めてアラス・ラムスを連れ帰ってきて、漆原《うるしはら》がそのまま本格的に眠りはじめた頃、

「ちょっといいですか」

千穂《ちほ》と芦屋《あしや》が、二〇一号室に入ってきた。

※

「ほら、アラス・ラムスちゃん見て、これなーんだ？」

千穂《ちほ》が掲げたそれを見て、アラス・ラムスは目を輝かせて叫《さけ》ぶ。

「うさぎさん!!」

「じゃあこっちは？」

「んっと、んっと、りす！」

「あたりー！　じゃあ、これは？」

「わんわ！」

「正解！　このおっきいのはなーんだ！」

「くまさん!!」

「よくできましたー！」

千穂《ちほ》がアラス・ラムスの前に並べたのは、画用紙を切り取り、二つ折りにした動物の人形。

小さなうさぎ、リス、犬、そして一つだけ大きな熊。

そして、漆原《うるしはら》の勝手な通販で溜《た》まっていた小さな段ボール箱の上に大きく円を描いた画用紙を貼りつけ、うさぎと熊を向い合せるようにして置く。

「お手本見せるね？　私がうさぎさん。ぱぱが、熊さんだよ？」

「ちーねーちゃ、うさぎさん？」

「そうなの。真奥《まおう》さん、ほら、熊のほうに」

「あ、はい」

千穂《ちほ》に心なし冷たい声色で指示されるがままに、真奥《まおう》は熊がいる側に座る。

「はっけよーい、のこった、で二人で一緒《いっしょ》に箱をとんとんって叩《たた》くの。やってみるね。はっけよーい、のこった！」

千穂《ちほ》が指先で箱を連打し、真奥《まおう》もそれにならって熊側の箱を叩《たた》く。

いくらも叩《たた》かないうちに、あっけなく熊が倒れた。

「これが『くまころがし』って遊びだよ」

「くまころだし？」

「そう。くまさんは大きくて強いの。こうやってとんとん叩《たた》くと、動物さん達が『おすもう』するの。『おすもう』でつよーいくまさんに勝ったら、小さい動物さん達をいい子いい子してあげてね？」

「うさぎさん、いいこいいこ！」

「あと、くまさんも頑張ったから、くまさんもいい子いい子してあげて？」

「くまさんいいこ！」

「ほら、アラス・ラムスちゃんに褒めてもらって、くまさん元気になった！　今度はアラス・ラムスちゃんが頑張ってくまころがししよう！」

「くまころだし、する！」

「じゃあ、今度は私がくまさんね。真奥《まおう》さんどいてください」

「あ、ああ」

「アラス・ラムスちゃんは、誰にする？」

「うさぎさん！」

「じゃあ、いくよ。はっけよーい。のこった！」

千穂《ちほ》の合図で、アラス・ラムスは手加減なしに箱を平手で叩《たた》く。

その衝撃で、熊もうさぎも同時に引っくり返ってしまった。

「ひきわけだー」

「ひひわて？」

「ひきわけのときには、もう一回『おすもう』するんだよ」

「やるー！　おすもー！　ちーねーちゃくまころだしー」

千穂《ちほ》の策略にはまり、アラス・ラムスは即席の紙相撲に興じはじめる。

遊び方を説明する間に千穂《ちほ》は巧みに『熊殺し』の印象を『熊転がし』にすり替え、さらに『紙相撲』という遊びで記憶を上書きし『恵美《えみ》＝熊殺し』の公式を打ち消して見せた。

「み、見事だ……」

鈴乃《すずの》はあっという間に事態の根本原因を解決した千穂《ちほ》の技に舌を巻く。

千穂《ちほ》の作った紙相撲の優秀な点は、熊が他の動物よりも大きく倒れやすい点だ。

小さい動物は頭よりも足側の幅が広く安定しているのに対し、熊は頭と足の幅がほぼ同じで、画用紙の強度もあいまって非常に倒れやすくなっている。

おかげで『大きくて強いはずの熊』が比較的負けやすい、つまり転びやすいため、より『熊転がし』という言葉の印象が強くなる。

「やったー」

千穂《ちほ》と五戦して三勝一敗一分けのアラス・ラムスはご満悦だが、そこでさらに千穂《ちほ》が奥の手を出す。

「それじゃあくまさん、今度はこの人とおすもうしようか」

「あー！」

「ちょっ」

「ぶふっ」

「も、申し訳ございません魔王様……」

「これはしてやられたな」

「……うるさいなぁ……」

アラス・ラムスは歓声を上げ、真奥《まおう》は狼狽《うろた》え、恵美《えみ》は吹き出し、芦屋《あしや》は肩を落とし、鈴乃《すずの》は芦屋《あしや》を慰め、眠っているところを起こされた漆原《うるしはら》は誰にも聞こえないように悪態をつく。

赤い服に赤い帽子に、黒い髪、頭からは片角を生やし、マントのようなものを羽織っている。

千穂《ちほ》がクレヨンで簡単に描いたものだが、その単純な線からも誰の紙人形なのかは一目瞭然であった。

千穂《ちほ》が取り出したのは、熊よりもさらに大きく不安定に作られた、真奥《まおう》の紙人形だったからだ。


「ぱぱだー！」

「さぁアラス・ラムスちゃん、勝負だよ！」

アラス・ラムスは嬉々《きき》として自陣に熊を設置し、千穂《ちほ》には珍しく悪い笑顔で真奥《まおう》を横目で見てから、真奥《まおう》人形を自陣に設置する。

真奥《まおう》人形は、立てただけで頭がたわむほど不安定であり、のこったの掛け声と同時にアラス・ラムスが二度土俵を叩《たた》いただけで、あっけなく倒れてしまった。

「ぱぱよわーい！」

「うぐっ!!」

まるで自分のことのようにダメージを受ける真奥《まおう》を見て、

「何を真剣にショック受けてるのよ」

と、恵美《えみ》が笑顔で突っ込みを入れる。

この瞬間。

ヴィラ・ローザ笹塚《ささづか》における今宵《こよい》の『魔王討伐』は終わりを告げたのだった。

※

その後はいつものように、魔王城にて真奥《まおう》、恵美《えみ》、千穂《ちほ》、芦屋《あしや》、漆原《うるしはら》、鈴乃《すずの》、アラス・ラムスの夕食会の流れとなった。

献立の主役が駒ヶ根佐々木《こまがねささき》家の野菜であることと、食後に真奥《まおう》が散々千穂《ちほ》に『熊殺し』の件で絞られたこと以外は、全くいつも通りのヴィラ・ローザ笹塚《ささづか》の夜であった。

アパートからの帰り、千穂《ちほ》お手製の紙相撲セットをもらったアラス・ラムスは終始ご機嫌であった。

「ほらほらアラス・ラムス。そんなにぎゅーってしたらお人形さんが折れちゃうわよ」

恵美《えみ》は、紙人形が入った袋を抱えて離さないアラス・ラムスに微笑《ほほえ》みながら、ふと考える。

駒ヶ根《こまがね》に行くよりも前のことだが、夜、アラス・ラムスが寝た後、たまたまつけていたテレビから流れてきた、真夏のホラードラマ特集番組があった。

オムニバス形式のそのドラマの中には、紙人形を形代にして、人に呪《のろ》いをかける話が出てきたのだ。

そしてアラス・ラムスが抱える紙袋に、真奥《まおう》の人形が入っている。

「……」

勇者エミリアの紙人形を作って、紙相撲の土俵で魔王討伐をする。

それで何が起こるわけでもないが、いつか真奥《まおう》の討伐を成功させられる願掛けになるのではないかと一瞬《いっしゅん》は考えた。

そして、すぐに首を横に振る。

「やめとこ」

『ぱぱ』の紙人形を『まま』の紙人形が常に負かしてしまうようなおもちゃを娘に与えるなど、どう考えても情操教育に悪い影響しか及ぼさない。

「ふふ。あーあ」

娘に弱いと言われて真剣にショックを受けていた真奥《まおう》。

その有様《ありさま》に免じて、恵美《えみ》は今回のことはこれで不問に付《ふ》すことに決めてしまった。

もう少しお灸《きゅう》を据え続けても良かったかも、と思いつつもアラス・ラムスの笑顔を見ていると、そんな邪念もすぐに霧散する。

そして、すぐさま携帯電話を取り出し、千穂《ちほ》と鈴乃《すずの》に、大人気なく騒ぎ立ててしまったことを詫《わ》びる丁寧なメールを発信したのだった。


— 了 —

作者、五年越しにあとがく　－ＡＮＤ　ＹＯＵ－

本シリーズ『はたらく魔王さま！』も、読者の皆様のおかげで息の長い作品となっております。

作家と作品のデビューが２０１１年。アニメ化していただいたのが２０１３年。

本書のオリジナルであり、アニメ『はたらく魔王さま！』のＢＤ／ＤＶＤ第一巻の特典『はたらく魔王さま！5.5』の執筆から、五年経ちました。

物語開始当初に比べ、物語の主たる舞台である笹塚《ささづか》の街は随分と様変わりいたしました。

アニメの背景にあるものでも、現在の町に存在しないものも数多くあります。

この度、ＢＤ／ＤＶＤの特典小説であった本書を電撃文庫用にチェックする過程で、また一つ、時代の流れを感じさせる記述に出会ってしまいました。

新宿《しんじゅく》駅西口のヨ〇バシカメラ前にはもう、高速バスの発着所って無いんですね！

このあとがきを書いている２０１８年４月現在、新宿《しんじゅく》発の伊那《いな》・駒ヶ根《こまがね》方面行き高速バスは、新宿《しんじゅく》駅南口の新宿《しんじゅく》高速バスターミナル、通称バスタ新宿《しんじゅく》から出ています。

西口出てすぐのヨドバ〇カメラの目の前のとんでもなく狭い道に大型高速バスが最大三台並んで、大勢の買い物客で賑わう繁華街を抜けて行ったものだったんです。

デビュー当時、長く続けたいなとは当然思ってはいましたが、まさかここまで長く続くとも思っていなかったため、本当に最近こういうことが多くて悩みます。

でも、少なくとも『はたらく魔王さま！』の本編が終わるまでは、作品中の世界観は作品世界の時間軸のまま進みます！　今更現実に合わせたりしませんよ！

小説の中では、まだスカイツリーは完成してません！　新宿《しんじゅく》の高速バス乗り場は行き先別に町中に散らばっています！　笹塚《ささづか》駅の側には京○重機ビルが建っていますし、千穂《ちほ》の携帯電話は二つ折りのままです！

なので本書用の新規書き下ろし短編も、当時の世情をそのまま描いております！　全然世情とか関係ない話だけど！

長野県駒ヶ根《こまがね》市側の主だった舞台については、電撃大王連載中の柊暁生《ひいらぎあきお》さん作画コミックス『はたらく魔王さま！』が本書パートに突入したときに時代的な齟齬《そご》を起こしていないことを現地で確認してきたのでご安心ください！

是非コミックスも合わせてご覧いただき、様々な切り口で異世界の魔王と勇者達の農業生活をお楽しみいただけると幸いです。

本書は小説5巻と6巻の間の時系列に位置する、真奥《まおう》達の新たな『仕事』の物語です。

あなたの近くの農地ではたらく若者は、もしかしたら異世界からの来訪者かもしれません。

◉和ヶ原聡司著作リスト

「はたらく魔王さま！」（電撃文庫）
「はたらく魔王さま！2」（同）
「はたらく魔王さま！3」（同）
「はたらく魔王さま！4」（同）
「はたらく魔王さま！5」（同）
「はたらく魔王さま！6」（同）
「はたらく魔王さま！7」（同）
「はたらく魔王さま！8」（同）

「はたらく魔王さま！9」（同）
「はたらく魔王さま！10」（同）
「はたらく魔王さま！11」（同）
「はたらく魔王さま！12」（同）
「はたらく魔王さま！13」（同）
「はたらく魔王さま！14」（同）
「はたらく魔王さま！15」（同）
「はたらく魔王さま！16」（同）
「はたらく魔王さま！17」（同）
「はたらく魔王さま！18」（同）
「はたらく魔王さま！0」（同）
「はたらく魔王さま！0-Ⅱ」（同）
「はたらく魔王さま！ ハイスクールN！」（同）
「はたらく魔王さま！SP」（同）
「ディエゴの巨神」（同）
「勇者のセガレ」（同）
「勇者のセガレ2」（同）
「スターオーシャン：アナムネシス -The Beacon of Hope-」（同）

本書に対するご意見、ご感想をお寄せください。

電撃文庫公式ホームページ 読者アンケートフォーム
http://dengekibunko.jp/
※メニューの「読者アンケート」よりお進みください。

ファンレターあて先
〒102-8584　東京都千代田区富士見1-8-19
電撃文庫編集部
「和ヶ原聡司先生」係
「029先生」係

初出

TVアニメ「はたらく魔王さま！」
Blu-ray＆DVDシリーズ第1巻
初回生産限定特典小説「はたらく魔王さま！5.5」

文庫収録にあたり、加筆、訂正しています。

「勇者、魔王を討伐する　―　熊殺し編　―」
は書き下ろしです。

電撃文庫

はたらく魔王《まおう》さま！SP

和ヶ原聡司《わがはらさとし》

2018年６月９日　初版発行

発行者　郡司 聡
発行　株式会社KADOKAWA
〒102-8177　東京都千代田区富士見2-13-3
0570-06-4008（ナビダイヤル）
装丁者　荻窪裕司（META＋MANIERA）
印刷　株式会社暁印刷
製本　株式会社ビルディング・ブックセンター

ISBN978-4-04-893877-8　C0193　Printed in Japan

電撃文庫　http://dengekibunko.jp/

電撃文庫創刊に際して

文庫は、我が国にとどまらず、世界の書籍の流れのなかで〝小さな巨人〟としての地位を築いてきた。古今東西の名著を、廉価で手に入りやすい形で提供してきたからこそ、人は文庫を自分の師として、また青春の想い出として、語りついできたのである。

その源を、文化的にはドイツのレクラム文庫に求めるにせよ、規模の上でイギリスのペンギンブックスに求めるにせよ、いま文庫は知識人の層の多様化に従って、ますますその意義を大きくしていると言ってよい。

文庫出版の意味するものは、激動の現代のみならず将来にわたって、大きくなることはあっても、小さくなることはないだろう。

「電撃文庫」は、そのように多様化した対象に応え、歴史に耐えうる作品を収録するのはもちろん、新しい世紀を迎えるにあたって、既成の枠をこえる新鮮で強烈なアイ・オープナーたりたい。

その特異さ故に、この存在は、かつて文庫がはじめて出版世界に登場したときと、同じ戸惑いを読書人に与えるかもしれない。

しかし、〈Changing Times,Changing Publishing〉時代は変わって、出版も変わる。時を重ねるなかで、精神の糧として、心の一隅を占めるものとして、次なる文化の担い手の若者たちに確かな評価を得られると信じて、ここに「電撃文庫」を出版する。

1993年6月10日
角川歴彦

DENGEKI BUNKO